समर्पण

माँ के नाम—जिनसे मेरा होना है,

बहन के नाम—जिससे घर, घर-सा है,

और उन दोस्तों के नाम—जो दूर होकर भी मुझमें कहीं बचे रहे।

भूमिका

कुछ कहानियाँ लिखी नहीं जातीं, वे भीतर कहीं बहुत समय तक जीती रहती हैं—किसी अधूरी बातचीत की तरह, किसी पुराने ख़त की तरह, या उस दोस्त की तरह जो ज़िंदगी से दूर होकर भी हमारे भीतर से कभी नहीं जाता।

“जो मुझमें बचा रहा” ऐसी ही एक कहानी है।

यह कहानी केवल चार दोस्तों की नहीं है। यह उन सभी रिश्तों की कहानी है, जिनमें हम साथ तो होते हैं, लेकिन कई बार एक-दूसरे के भीतर चल रही लड़ाइयों को देख नहीं पाते। हम हँसते हैं,

बातें करते हैं, साथ समय बिताते हैं और मान लेते हैं कि हम अपने लोगों को पूरी तरह जानते हैं।

लेकिन हर मुस्कान के पीछे की कहानी हमें कहाँ पता होती है?

कभी-कभी हमारे सबसे करीब खड़ा इंसान ही अपनी सबसे बड़ी लड़ाई अकेले लड़ रहा होता है।

यह कहानी दोस्ती के साथ-साथ उन ख़ामोशियों की भी है, जिन्हें समय रहते समझा नहीं गया। उन बातों की, जो कही जा सकती थीं लेकिन कही नहीं गईं। उन सवालों की, जिनके जवाब बहुत देर से मिले। और उस दूरी की, जिसे वर्षों ने

नहीं, बल्कि एक अधूरे सच ने जन्म दिया।

इस कहानी के पात्र काल्पनिक हो सकते हैं, लेकिन उनकी भावनाएँ शायद आपको अपनी लगें। हो सकता है किसी किरदार में आपको अपना कोई पुराना दोस्त दिखाई दे। किसी घटना में अपनी कोई अधूरी याद। और शायद किसी पन्ने पर आप खुद से भी मिलें।

क्योंकि ज़िंदगी में हर इंसान कुछ न कुछ खोता है।

कोई रिश्ता।

कोई सपना।

कोई अपना।

लेकिन समय बीत जाने के बाद सवाल केवल यह नहीं रहता कि हमने क्या खोया...

सवाल यह भी होता है—

उस सबके बाद, हमारे भीतर क्या बचा रहा?

शायद कोई याद।

शायद कोई वादा।

शायद कोई दोस्ती।

या शायद...

वह इंसान, जो हम कभी हुआ करते थे।

इसी तलाश की कहानी है—

“जो मुझमें बचा रहा”

— रजनीश रूबी तिवारी

1

कुछ ख़ामोशियाँ अचानक नहीं आतीं

उस रात बारिश नहीं हो रही थी।

फिर भी खिड़की के पास बैठा मैं देर तक आसमान को देखता रहा। आसमान बिल्कुल साफ़ भी नहीं था और पूरी तरह बादलों से घिरा भी नहीं। ठीक मेरी ज़िंदगी की तरह—न इतना अँधेरा कि सब कुछ ख़त्म मान लिया जाए, न इतनी रोशनी कि किसी नई सुबह पर यक़ीन किया जा सके।

शहर सो चुका था।

या शायद मुझे ऐसा लग रहा था।

दूर सड़क पर कभी-कभी किसी गाड़ी के गुज़रने की आवाज़ आती और फिर वही ख़ामोशी कमरे में लौट आती। सामने वाली इमारत की लगभग सभी बत्तियाँ बुझ चुकी थीं। बस तीसरी मंज़िल की एक खिड़की में हल्की पीली रोशनी जल रही थी।

मैं अक्सर सोचता था—आधी रात के बाद जागने वाले लोग आख़िर करते क्या हैं?

क्या वे काम करते हैं?

किसी का इंतज़ार करते हैं?

या फिर मेरी तरह उन बातों से भागने की कोशिश करते हैं, जो आँखें बंद करते ही और साफ़ दिखाई देने लगती हैं?

मेज़ पर चाय का एक कप रखा था। ठंडा हो चुका था। पिछले एक घंटे में मैंने उसे कई बार उठाया, लेकिन हर बार बिना पिए वापस रख दिया।

उसके पास एक पुरानी डायरी पड़ी थी।

नीले रंग की।

किनारों से थोड़ी फट चुकी थी और उसके ऊपर धूल की एक पतली परत जमा थी। पिछले तीन सालों से मैंने उसे खोला नहीं था।

ऐसा नहीं था कि मैं उसके बारे में भूल गया था।

कुछ चीज़ों को हम कभी भूलते नहीं हैं।

बस उन्हें ऐसी जगह रख देते हैं जहाँ हमारी नज़र रोज़ न पड़े।

क्योंकि हर दिन कुछ याद करना भी एक तरह की सज़ा है।

मैंने फोन उठाया।

स्क्रीन पर रात के **2** बजकर **17** मिनट हो रहे थे।

कोई नया संदेश नहीं था।

यह जानते हुए भी मैंने नोटिफिकेशन दोबारा देखे। व्हाट्सऐप खोला। बंद किया। फिर इंस्टाग्राम खोला। कुछ देर बिना किसी पोस्ट को सच में देखे स्क्रीन पर उँगली चलाता रहा और फिर फोन मेज़ पर रख दिया।

इंसान भी कितना अजीब होता है।

जिस संदेश के आने की उम्मीद वह बहुत पहले छोड़ चुका होता है, कभी-कभी पूरी रात उसी का इंतज़ार करता है।

मैंने खुद से कई बार कहा था कि अब मुझे किसी का इंतज़ार नहीं।

लेकिन शायद इंतज़ार वह चीज़ है जिसे हम ख़त्म नहीं करते।

हम बस उसका नाम लेना छोड़ देते हैं।

कमरे में घड़ी की टिक-टिक साफ़ सुनाई दे रही थी।

पहले कभी इस आवाज़ पर ध्यान नहीं गया था। शायद जब ज़िंदगी में लोग कम हो जाते हैं, तो चीज़ों की आवाज़ें बढ़ जाती हैं।

पंखे की धीमी आवाज़।

खिड़की से आते पर्दे की सरसराहट।

फोन के कंपन का भ्रम।

और अपने ही भीतर चलती हुई वह बातचीत, जिसे कोई दूसरा कभी सुन नहीं सकता।

मैं कुर्सी से उठा।

खिड़की बंद करने गया, लेकिन कुछ देर वहीं खड़ा रहा। नीचे सड़क के किनारे एक कुत्ता अकेला बैठा था। कुछ देर बाद वह उठा और अँधेरे में कहीं चला गया।

मुझे अचानक लगा कि शायद दुनिया में हर कोई कहीं न कहीं जा रहा है।

सिर्फ़ मैं ही था जो पिछले तीन सालों से एक ही जगह खड़ा था।

लोगों को ऐसा नहीं लगता था।

उनके लिए मेरी ज़िंदगी बिल्कुल सामान्य थी।

मैं सुबह उठता था।

अपने काम पर जाता था।

लोगों से मिलता था।

हँसता था।

ज़रूरत पड़ने पर मज़ाक भी करता था।

जन्मदिनों पर शुभकामनाएँ देता था और किसी के पूछने पर कह देता था—

“हाँ, सब ठीक है।”

'सब ठीक है' शायद वह झूठ है जिसे दुनिया सबसे आसानी से सच मान लेती है।

क्योंकि किसी के पास इतना समय नहीं होता कि वह पूछे—

"सच में?"

मैं वापस मेज़ के पास आया।

न जाने क्यों उस रात मेरी नज़र बार-बार उस डायरी पर जा रही थी।

मैंने उसे उठाया।

धूल हटाई।

कुछ क्षण उसे हाथ में पकड़े रहा।

फिर खोल दिया।

पहले पन्ने पर मेरी ही लिखावट थी—

"कुछ लोग ज़िंदगी में हमेशा रहने के लिए आते हैं।"

मैं बहुत देर तक उस वाक्य को देखता रहा।

फिर हँस पड़ा।

बहुत हल्की-सी हँसी।

ऐसी हँसी, जिसमें खुशी का कोई हिस्सा नहीं था।

उस वक़्त मैं उन्नीस साल का था जब यह लिखा था।

उन्नीस साल।

एक अजीब उम्र होती है।

हम बच्चे नहीं रह जाते, लेकिन दुनिया को समझने जितने बड़े भी नहीं होते। हमें लगता है कि हम लोगों को पहचानने लगे हैं। हमें लगता है कि दोस्ती कभी नहीं टूटेगी। प्रेम कभी नहीं बदलेगा। सपने बस मेहनत माँगते हैं और अच्छे लोगों के साथ अंत में अच्छा ही होता है।

उस उम्र में 'हमेशा' शब्द पर यक़ीन करना आसान होता है।

उम्र धीरे-धीरे इन सभी भ्रमों की कीमत वसूलती है।

मैंने पन्ना पलटा।

कुछ अधूरी कविताएँ थीं।

कुछ तारीख़ें।

कुछ ऐसे वाक्य जिनका मतलब अब मुझे भी याद नहीं था।

फिर अचानक एक तस्वीर नीचे गिर गई।

मैं झुका।

लेकिन उसे उठाया नहीं।

कुछ सेकंड तक वह तस्वीर फर्श पर उलटी पड़ी रही।

मैं जानता था उसमें कौन है।

कुछ चेहरे भूलने के लिए तस्वीर देखने की ज़रूरत नहीं होती।

वे आँखें बंद करते ही दिखाई दे जाते हैं।

मैंने आँखें बंद कर लीं।

और जैसे तीन साल एक पल में पीछे चले गए।

एक कॉलेज का मैदान।

चार लड़के।

ज़ोर-ज़ोर से हँसने की आवाज़।

कैंटीन की वह चाय, जिसका स्वाद कभी अच्छा नहीं था, फिर भी हम रोज़ पीते थे।

बिना किसी वजह घंटों घूमना।

एक-दूसरे के फोन छीन लेना।

छोटी-सी बात पर लड़ना और दस मिनट बाद भूल जाना कि लड़ाई हुई किस बात पर थी।

उस समय हमारे पास पैसे कम थे।

सपने ज़्यादा।

और समय इतना था कि हमें उसकी कीमत मालूम नहीं थी।

"तू देखना, दस साल बाद भी हम ऐसे ही मिलेंगे।"

किसी ने कहा था।

कौन?

मुझे याद था।

लेकिन मैंने उस नाम को अपने भीतर आने नहीं दिया।

मैंने आँखें खोल दीं।

तस्वीर अब भी फर्श पर थी।

"तुम अब भी नाराज़ हो?"

जैसे किसी ने कमरे में पूछा हो।

मैंने अचानक पीछे देखा।

कोई नहीं था।

सिर्फ़ मेरी याद थी।

यादें अक्सर बिना दरवाज़ा खटखटाए चली आती हैं।

और सबसे बुरी बात यह है कि उन्हें बाहर निकालने के लिए कोई दरवाज़ा भी नहीं होता।

मैंने तस्वीर उठा ली।

चार लड़के थे उसमें।

कॉलेज के पहले साल की तस्वीर।

चारों के चेहरे पर वह बेफ़िक्री थी जो शायद सिर्फ़ उस उम्र में होती है, जब भविष्य अभी बहुत दूर दिखाई देता है और अतीत इतना छोटा होता है कि उसका बोझ महसूस नहीं होता।

मैं तस्वीर में अपने चेहरे को देखने लगा।

मैं मुस्कुरा रहा था।

पूरी तरह।

बिना किसी कोशिश के।

मुझे याद नहीं था कि आख़िरी बार मैं इस तरह कब हँसा था।

अचानक मुझे अपने ही पुराने चेहरे से ईर्ष्या होने लगी।

वह लड़का कितना बेख़बर था।

उसे नहीं पता था कि कुछ साल बाद वह इसी तस्वीर को आधी रात में बैठकर देखेगा और सोचता रहेगा कि आख़िर सब कुछ कहाँ बदल गया।

तस्वीर के पीछे एक तारीख़ लिखी थी।

17 अगस्त।

और नीचे सिर्फ़ चार शब्द—

“भाई हैं, हमेशा रहेंगे।”

मैंने अंगूठे से उन शब्दों को छुआ।

स्याही थोड़ी हल्की पड़ चुकी थी।

वक़्त शायद काग़ज़ पर लिखे शब्दों को भी धीरे-धीरे मिटा देता है।

रिश्तों को मिटाने में उसे कितना समय लगता होगा?

मैंने तस्वीर वापस डायरी में रख दी।

‘हमेशा’ शायद दुनिया का सबसे ख़ूबसूरत झूठ है।

लेकिन गलती ‘हमेशा’ कहने वालों की भी नहीं होती।

जब वे कहते हैं, उस पल शायद वे सच ही कह रहे होते हैं।

समस्या यह है कि इंसान बदल जाता है।

हालात बदल जाते हैं।

ज़रूरतें बदल जाती हैं।

और कभी-कभी एक छोटी-सी बात इतनी बड़ी ख़ामोशी बन जाती है कि दो लोगों के बीच के सारे रास्ते बंद हो जाते हैं।

मैंने डायरी बंद कर दी।

मुझे वह आख़िरी दिन याद आने लगा।

मैं उसे याद नहीं करना चाहता था।

फिर भी याद आया।

एक कमरा।

कुछ ऊँची आवाज़ें।

एक सवाल।

एक जवाब, जो शायद नहीं दिया जाना चाहिए था।

और जाते-जाते कहे गए कुछ शब्द—

"आज के बाद मुझे फोन मत करना।"

उस समय मुझे लगा था कि गुस्सा है।

दो दिन में ठीक हो जाएगा।

फिर दो दिन एक सप्ताह हुए।

एक सप्ताह एक महीना।

और धीरे-धीरे महीनों ने सालों का रूप ले लिया।

पहले मैंने इंतज़ार किया।

फिर गुस्सा किया।

फिर खुद को समझाया कि मुझे फ़र्क़ नहीं पड़ता।

और अंत में मैंने उस विषय पर बात करना ही छोड़ दिया।

लेकिन किसी बात का ज़िक्र बंद कर देना और उससे बाहर निकल जाना—

दो अलग चीज़ें हैं।

मैंने घड़ी देखी।

2 बजकर **38** मिनट।

मुझे सुबह जल्दी उठना था।

मैंने डायरी बंद करके मेज़ के कोने पर रख दी और बिस्तर पर लेट गया।

कमरे की बत्ती बुझा दी।

अँधेरे में छत को देखते हुए मैंने खुद से कहा—

सो जा।

लेकिन नींद आदेश नहीं मानती।

कुछ मिनट बीते होंगे कि फोन की स्क्रीन अचानक जल उठी।

एक हल्की-सी कंपन।

मैंने पहले ध्यान नहीं दिया।

फिर दूसरी बार स्क्रीन की रोशनी कमरे में फैली।

मैंने करवट बदली।

फोन उठाया।

रात के **2** बजकर **43** मिनट हो रहे थे।

एक नया संदेश था।

स्क्रीन पर एक नाम दिखाई दिया।

और अचानक मुझे लगा जैसे कमरे की सारी हवा किसी ने खींच ली हो।

मेरी उँगलियाँ वहीं रुक गईं।

तीन साल।

पूरे तीन साल बाद वह नाम मेरी स्क्रीन पर था।

मैंने कई बार सोचा था कि अगर कभी उसका संदेश आया तो मैं क्या करूँगा।

जवाब दूँगा?

नज़रअंदाज़ कर दूँगा?

उसे वही महसूस होने दूँगा जो मैंने महसूस किया था?

या सब भूलकर पूछूँगा—

"कैसा है तू**?**"

लेकिन कुछ सवालों के जवाब कल्पना में बहुत आसान होते हैं।

जब वही पल सच में सामने आता है, इंसान बस ख़ामोश रह जाता है।

मैंने संदेश नहीं खोला।

फोन नीचे रख दिया।

फिर दोबारा उठा लिया।

नाम अब भी वहीं था।

कुछ नाम सिर्फ़ नाम नहीं होते।

उनके साथ एक पूरी उम्र जुड़ी होती है—

कुछ सड़कें,

कुछ शामें,

कुछ बेवजह की हँसी,

कुछ अधूरे वादे,

और कुछ ऐसे सवाल जिनके जवाब हम वर्षों तक अपने भीतर ढूँढ़ते रहते हैं।

मैंने आखिरकार संदेश खोला।

सिर्फ़ एक पंक्ति थी—

“अगर हो सके तो एक बार मिलना है।”

मैं बहुत देर तक स्क्रीन देखता रहा।

बस इतना ही।

न कोई माफ़ी।

न कोई सफ़ाई।

न यह कि तीन साल कहाँ था।

न यह कि अचानक क्यों याद आई।

सिर्फ़—

एक बार मिलना है।

मेरे भीतर जैसे एक साथ कई आवाज़ें उठीं।

एक कह रही थी—

जवाब मत देना।

दूसरी पूछ रही थी—

आख़िर क्यों?

और कहीं बहुत भीतर एक तीसरी आवाज़ थी, जिसे मैं सुनना नहीं चाहता था।

वह कह रही थी—

पूछ ले... कैसा है वह।

मैंने कुछ लिखा।

मिटा दिया।

फिर लिखा—

"क्यों?"

उसे भी मिटा दिया।

कुछ देर बाद सिर्फ़ एक शब्द लिखा—

"कब?"

लेकिन भेज नहीं पाया।

मैंने फोन बंद कर दिया।

कमरे में फिर अँधेरा हो गया।

लेकिन अब वह पहले वाला अँधेरा नहीं था।

तीन साल लगे थे मुझे यह मानने में कि कुछ लोग वापस नहीं आते।

और अब, जब मैंने उनके बिना जीना सीख लिया था—

वह लौट आया था।

मैं बिस्तर पर लेटा रहा।

आँखें खुली थीं।

अब सवाल यह नहीं था कि मैं उससे मिलूँगा या नहीं।

सवाल यह था कि अगर मैं उससे मिला—

तो क्या मैं उस इंसान से भी दोबारा मिल पाऊँगा, जो मैं उसके साथ हुआ करता था?

उस रात पहली बार मुझे समझ आया—

कुछ लोग जब हमें छोड़कर जाते हैं, तो अपने साथ सिर्फ़ रिश्ता नहीं ले जाते। वे हमारे भीतर का वह इंसान भी ले जाते हैं, जो हम उनके साथ हुआ करते थे।

और शायद मेरी कहानी उसके लौटने से शुरू नहीं हुई थी।

मेरी कहानी तो उस दिन शुरू हो गई थी—

जिस दिन मैं पहली बार अपने ही भीतर से कम होने लगा था।

2

कुछ लोग मिलने से पहले अजनबी होते हैं

कुछ रिश्तों की सबसे अजीब बात यह होती है कि उनकी शुरुआत हमें याद नहीं रहती।

हमें वह दिन याद रहता है जब वे टूटे थे।
आख़िरी बातचीत याद रहती है।
आख़िरी बार देखा हुआ चेहरा याद रहता है।
जाते हुए कहे गए शब्द तक याद रहते हैं।

लेकिन जिस दिन वह इंसान पहली बार हमारी ज़िंदगी में आया था, उस दिन हमें ज़रा भी अंदाज़ा नहीं होता कि एक दिन यही अजनबी हमारी कहानी का इतना बड़ा हिस्सा बन जाएगा।

मुझे उससे पहली मुलाक़ात ठीक-ठीक याद नहीं थी।

लेकिन वह दिन याद था।

कॉलेज का पहला दिन।

जुलाई की उमस भरी सुबह थी। आसमान में बादल थे, लेकिन बारिश होने का कोई इरादा नहीं था। मैं कॉलेज के मुख्य दरवाज़े के सामने लगभग पाँच मिनट से खड़ा था और अंदर जाने के बजाय आने-जाने वाले लोगों को देख रहा था।

कुछ लड़के पहले ही दोस्त बना चुके थे।

कम-से-कम उन्हें देखकर ऐसा ही लग रहा था।

कोई एक-दूसरे के कंधे पर हाथ रखकर चल रहा था, कोई ज़ोर-ज़ोर से हँस रहा था, और कुछ लोग ऐसे आत्मविश्वास के साथ अंदर जा रहे थे जैसे पिछले कई वर्षों से इसी कॉलेज में पढ़ते आए हों।

और एक मैं था।

हाथ में फाइल।

कंधे पर बैग।

और चेहरे पर वह गंभीरता, जो अक्सर घबराहट छिपाने के लिए अपने आप आ जाती है।

नए शहरों, नई जगहों और नए लोगों से मुझे कभी डर नहीं लगा।

लेकिन शुरुआतों से हमेशा लगा।

क्योंकि शुरुआत अपने साथ एक अजीब दबाव लेकर आती है।

आपको नहीं पता होता कि सामने खड़ा कौन-सा व्यक्ति कुछ दिनों बाद सिर्फ़ एक परिचित रह जाएगा, कौन आपका दोस्त बनेगा और कौन एक दिन आपकी ज़िंदगी से चला जाएगा।

उस समय मैं यह सब नहीं सोच रहा था।

उस समय मेरी सबसे बड़ी चिंता थी—

क्लासरूम कहाँ है?

मैंने फोन निकालकर एडमिशन के समय मिला मैसेज देखा।

कमरा नंबर 204।

इमारत सामने थी।

कमरा कहाँ था, यह पता नहीं।

मैं सीढ़ियाँ चढ़कर दूसरी मंज़िल पर पहुँचा। गलियारे में इतनी भीड़ थी कि कुछ पल के लिए लगा जैसे पूरा कॉलेज कमरा नंबर 204 ही खोज रहा हो।

तभी पीछे से आवाज़ आई—

“भाई, 204 किधर है?”

मैंने पीछे देखा।

एक लड़का खड़ा था।

चेहरे पर हल्की-सी मुस्कान और हाथ में वही फाइल जो मेरे हाथ में थी।

मैंने कहा, “मैं भी वही ढूँढ़ रहा हूँ।”

उसने दो सेकंड मुझे देखा और बोला—

“मतलब दोनों खोए हुए हैं?”

मैं हँस पड़ा।

“लग तो यही रहा है।”

“चल, फिर साथ में खोते हैं।”

शायद वह हमारी पहली बातचीत थी।

या शायद उससे पहले उसने कुछ और कहा था।

मुझे याद नहीं।

यादों की भी अपनी पसंद होती है। वे पूरी घटनाएँ नहीं बचातीं, बस कुछ टुकड़े रख लेती हैं।

हम दोनों गलियारे में आगे बढ़े।

कमरा 201 मिला।

फिर 202।

उसके बाद सीधे 205।

हम दोनों वहीं रुक गए।

“ये कॉलेज वाले 203 और 204 से नाराज़ हैं क्या?” उसने पूछा।

मैं फिर हँस पड़ा।

उसका यही तरीका था।

हर सामान्य बात में कुछ ऐसा ढूँढ़ लेना जिस पर हँसा जा सके।

बाद में मुझे समझ आया कि कुछ लोग दूसरों को हँसाने की आदत इसलिए बना लेते हैं क्योंकि वे नहीं चाहते कि कोई उनसे पूछे—

तुम खुद कितने खुश हो?

लेकिन उस समय वह बस एक लड़का था, जिसका नाम तक मुझे नहीं पता था।

“नाम क्या है तेरा?” उसने चलते-चलते पूछा।

मैंने अपना नाम बताया।

उसने अपना बताया।

आज भी वह नाम मुझे याद है।

इतनी अच्छी तरह कि कभी-कभी भूलना चाहता हूँ।

लेकिन कुछ नाम हमारी याददाश्त में नहीं रहते।

वे हमारे अनुभवों में बस जाते हैं।

आख़िरकार हमें कमरा नंबर 204 मिल गया।

वह गलियारे के दूसरे कोने पर था।

क्लास लगभग भर चुकी थी।

हम पीछे की तरफ़ दो खाली सीटों पर बैठ गए।

“पहले दिन ही पीछे?” मैंने पूछा।

उसने बैग रखते हुए कहा—

“भाई, आगे बैठकर भी अगर ज़िंदगी में पीछे ही रहना है तो इतनी मेहनत क्यों?”

मैंने उसकी तरफ़ देखा।

“बहुत अनुभवी लग रहे हो।”

“हाँ, बारहवीं बड़ी मुश्किल से पास की है।”

हम दोनों हँसने लगे।

सामने से किसी ने पलटकर हमें देखा।

हम चुप हो गए।

दस सेकंड बाद फिर हँसने लगे।

शायद दोस्ती की शुरुआत ऐसे ही होती है।

बिना किसी घोषणा के।

बिना यह तय किए कि आज से हम दोस्त हैं।

बस किसी के साथ बैठना अच्छा लगने लगता है।

फिर अगले दिन हम उसी के पास बैठते हैं।

फिर किसी दिन वह नहीं आता और पहली बार उसकी खाली कुर्सी दिखाई देती है।

और धीरे-धीरे एक अजनबी हमारी आदत बन जाता है।

उस दिन क्लास में क्या पढ़ाया गया था, मुझे आज कुछ याद नहीं।

लेकिन लंच ब्रेक याद है।

कॉलेज की कैंटीन बड़ी नहीं थी। कुछ पुरानी मेज़ें, प्लास्टिक की कुर्सियाँ और एक ऐसा काउंटर जहाँ हर चीज़ मिलने में उससे ज़्यादा समय लगता था जितना उसे खाने में।

हम दोनों एक मेज़ पर बैठे थे।

तभी दो और लड़के आए।

"यहाँ बैठ जाएँ?"

"कुर्सी कॉलेज की है," उसने कहा, "हमारी होती तो किराया लेते।"

वे दोनों हँसते हुए बैठ गए।

बस।

चार लोग।

चार अलग-अलग घरों से।

चार अलग-अलग कहानियों के साथ।

उस दिन एक ही मेज़ पर बैठे।

हमें नहीं पता था कि आने वाले वर्षों में हमारी सैकड़ों तस्वीरें होंगी।

सैकड़ों बातें।

कुछ लड़ाइयाँ।

कुछ राज़।

और एक दिन—

एक तस्वीर ऐसी भी होगी जिसे मैं तीन साल बाद आधी रात में अपनी डायरी से उठाऊँगा।

लेकिन उस दिन भविष्य हमारे लिए सिर्फ़ एक शब्द था।

हमने चाय मँगाई।

पहला घूँट लेते ही उसने चेहरा बनाया।

"ये चाय है?"

मैंने कहा, "पैसे तो चाय के ही लिए हैं।"

"पैसे देने से हर चीज़ चाय नहीं हो जाती।"

चारों हँस पड़े।

उस दिन हमने लगभग एक घंटा कैंटीन में बिताया।

बातें बहुत सामान्य थीं।

कौन कहाँ से आया है।

किसके कितने नंबर थे।

किसने इस कॉलेज में अपनी मर्ज़ी से एडमिशन लिया और किसे कहीं और एडमिशन नहीं मिला।

छोटी-छोटी बातें।

लेकिन शायद रिश्ते बड़ी बातों से बनते भी नहीं हैं।

वे उन्हीं छोटी बातों के बीच कहीं जन्म लेते हैं, जिनकी उस समय कोई अहमियत नहीं लगती।

अगले कुछ सप्ताह ऐसे बीते जैसे हम एक-दूसरे को वर्षों से जानते हों।

हम चारों की सीट तय हो गई।

कैंटीन की मेज़ तय हो गई।

कॉलेज के बाद चाय की दुकान तय हो गई।

यहाँ तक कि किस बात पर कौन नाराज़ होगा, यह भी धीरे-धीरे तय होने लगा।

उन चारों में वह मेरे सबसे करीब था।

क्यों?

इसका कोई एक कारण नहीं था।

कुछ लोगों के साथ बातचीत करनी नहीं पड़ती।

हो जाती है।

कभी घंटों।

कभी बिना कुछ कहे।

वह बोलता बहुत था।

मैं सुनता ज़्यादा था।

लेकिन जब मैं बोलता, वह सुनता था।

सच में सुनता था।

दुनिया में बोलने वाले लोग बहुत मिलते हैं।

आपकी बात सुनने वाले भी मिल जाते हैं।

लेकिन आपकी कही हुई बात के पीछे छिपी हुई बात समझने वाले लोग बहुत कम होते हैं।

वह शायद उन्हीं में से था।

एक शाम कॉलेज से निकलते समय बारिश शुरू हो गई।

बाकी दोनों जल्दी चले गए थे।

हम कॉलेज के गेट के पास एक छोटी-सी दुकान की छत के नीचे खड़े थे।

बारिश तेज़ थी।

सड़क पर पानी भरने लगा था।

मैंने फोन देखा।

"लगता है आज यहीं रात होगी।"

उसने कहा, "कोई बात नहीं। कल की अटेंडेंस भी लग जाएगी।"

मैं हँसा।

फिर कुछ देर हम दोनों चुप रहे।

यह शायद पहली बार था जब हमारे बीच इतनी देर तक कोई बात नहीं हुई थी।

सामने बारिश गिर रही थी।

लोग भाग रहे थे।

कुछ बाइक वाले पेड़ों के नीचे रुक गए थे।

उसने अचानक पूछा—

"तुझे कभी डर लगता है?"

मैंने उसकी तरफ़ देखा।

"किससे?"

"पता नहीं... भविष्य से।"

सवाल उसके स्वभाव जैसा नहीं था।

मैंने मज़ाक में कहा—

"बारहवीं बड़ी मुश्किल से पास करने वाले आदमी को भविष्य से डरना भी चाहिए।"

वह हँसा।

लेकिन उसकी हँसी जल्दी ख़त्म हो गई।

"सच में पूछ रहा हूँ।"

मैं कुछ देर चुप रहा।

"हाँ।"

"किस बात का?"

मैंने सामने बारिश को देखते हुए कहा—

"कि कहीं मैं वैसा न बन पाऊँ जैसा मैंने खुद को सोचा है।"

वह चुप हो गया।

फिर बोला—

"मुझे डर लगता है कि एक दिन सब लोग चले जाएँगे।"

मैंने उसकी तरफ़ देखा।

उसकी आँखें सामने सड़क पर थीं।

“कौन लोग?”

“बस... लोग।”

“सब क्यों जाएँगे?”

उसने कंधे उचकाए।

“पता नहीं। जाते तो हैं।”

उस समय मुझे उसका जवाब अजीब लगा था।

मैंने कहा—

“मैं नहीं जाऊँगा।”

उसने तुरंत मेरी तरफ़ देखा।

फिर मुस्कुराया।

“पक्का?”

“हाँ।”

“देख ले। बाद में मुकर मत जाना।”

“लिखकर दूँ?”

उसने हाथ आगे बढ़ाया।

“हाथ मिला।”

मैंने उसका हाथ पकड़ लिया।

“नहीं जाऊँगा।”

कितना आसान था उस उम्र में वादा करना।

हमें लगता था कि रिश्ते सिर्फ़ नीयत से बचाए जा सकते हैं।

हमें कौन समझाता कि कभी-कभी दो लोग एक-दूसरे को खोना नहीं चाहते, फिर भी खो देते हैं।

कभी समय बीच में आ जाता है।

कभी अहंकार।

कभी कोई तीसरा व्यक्ति।

और कभी एक ऐसा सच—

जिसे जानने के बाद कुछ भी पहले जैसा नहीं रहता।

बारिश धीरे-धीरे कम हुई।

हम सड़क पर निकल पड़े।

रास्ते में पानी भरा था।

वह जानबूझकर पानी में पैर मारकर मेरे कपड़े गंदे कर रहा था।

मैं उसे गालियाँ दे रहा था।

वह हँस रहा था।

मैं भी हँस रहा था।

उस शाम घर लौटते समय मुझे बिल्कुल अंदाज़ा नहीं था कि कई साल बाद मैं उसी बातचीत को बार-बार याद करूँगा।

“मुझे डर लगता है कि एक दिन सब लोग चले जाएँगे।”

उसने कहा था।

और मैंने जवाब दिया था—

“मैं नहीं जाऊँगा।”

वक़्त को शायद हमारे वादों पर हँसी आती होगी।

दिन महीनों में बदलने लगे।

हमारी दोस्ती अब कॉलेज तक सीमित नहीं थी।

रात के दो बजे फोन करना सामान्य था।

“सो रहा था?”

“हाँ।”

“अच्छा, एक ज़रूरी बात थी।”

“क्या?”

“कल कॉलेज जाएँ या नहीं?”

ऐसी बेवकूफ़ी भरी बातों के लिए हम एक-दूसरे की नींद खराब करते थे।

और अजीब बात यह थी कि कभी बुरा नहीं लगता था।

कभी-कभी कोई इंसान हमारी दिनचर्या में इतनी शांति से शामिल हो जाता है कि हमें पता ही नहीं चलता कि अब उसके बिना दिन अधूरा लगने लगा है।

एक बार मैं लगातार तीन दिन कॉलेज नहीं गया।

चौथे दिन सुबह दरवाज़े पर घंटी बजी।

वह बाहर खड़ा था।

“तू यहाँ?”

"नहीं, तेरे पड़ोसी के घर आया हूँ।"

"क्या हुआ?"

"तीन दिन से कॉलेज नहीं आया।"

"तो?"

"तो देखने आया हूँ ज़िंदा है या मर गया।"

"फोन कर सकता था।"

"किया था। उठाया नहीं।"

मैंने फोन देखा।

उसकी सात मिस्ड कॉल थीं।

उस दिन पहली बार मुझे महसूस हुआ कि शायद मैं उसके लिए सिर्फ़ कॉलेज का दोस्त नहीं था।

और शायद वह भी मेरे लिए नहीं।

हम अक्सर रिश्तों को नाम देने में जल्दी करते हैं।

दोस्त।

सबसे अच्छा दोस्त।

भाई।

अपना।

लेकिन कुछ रिश्तों की गहराई उनके नाम से नहीं मापी जा सकती।

वह मेरी ज़िंदगी का वह हिस्सा बन चुका था जहाँ मैं बिना सोचे पहुँच जाता था।

कोई अच्छी बात होती—

उसे बतानी है।

कोई बुरी बात होती—

उसे बतानी है।

किसी पर गुस्सा आता—

उसे फोन करना है।

खुद पर गुस्सा आता—

तब भी उसे फोन करना है।

शायद यही वह समय था जब मैंने अपनी डायरी के पहले पन्ने पर लिखा था—

"कुछ लोग ज़िंदगी में हमेशा रहने के लिए आते हैं।"

मुझे नहीं पता था कि मैं उसके बारे में लिख रहा हूँ या हम चारों के बारे में।

लेकिन अब जब पीछे मुड़कर देखता हूँ—

तो लगता है शायद मैं खुद को यक़ीन दिला रहा था।

कि इस बार कोई नहीं जाएगा।

कुछ महीने बाद हमने वह तस्वीर खिंचवाई।

17 अगस्त।

कॉलेज के पीछे वाले मैदान में।

चारों साथ।

तस्वीर खींचने वाले ने कहा था—

"थोड़ा पास आओ।"

हम चारों एक-दूसरे के कंधों पर हाथ रखकर खड़े हो गए।

तस्वीर खिंची।

उसने तुरंत फोन छीनकर तस्वीर देखी।

"भाई, मैं सबसे अच्छा लग रहा हूँ।"

हम तीनों ने एक साथ कहा—

"चुप कर।"

उस शाम तस्वीर प्रिंट करवाने का विचार भी उसी का था।

पीछे चार शब्द भी उसी ने लिखे थे—

"भाई हैं, हमेशा रहेंगे।"

मैंने कहा था—

"बहुत फिल्मी है।"

उसने जवाब दिया—

"कुछ साल बाद देखेंगे, कौन-कौन टिका रहता है।"

मैंने हँसते हुए कहा—

"सब रहेंगे।"

उसने मेरी तरफ़ देखा।

"तू रहेगा?"

“हाँ।”

“पक्का?”

मैंने कहा—

“कितनी बार पूछेगा?”

वह मुस्कुराया।

“बस याद रख रहा हूँ।”

आज सोचता हूँ—

शायद कुछ लोग हमें छोड़ने से ज़्यादा इस बात से डरते हैं कि हम उन्हें छोड़ देंगे।

और इसी डर में कभी-कभी वे ऐसी गलतियाँ कर बैठते हैं, जिनसे वही रिश्ता टूट जाता है जिसे वे सबसे ज़्यादा बचाना चाहते थे।

उस समय मुझे उसके भीतर का डर दिखाई नहीं दिया।

मुझे सिर्फ़ उसकी हँसी दिखाई देती थी।

उसके मज़ाक।

उसकी बेफ़िक्री।

मैंने कभी नहीं पूछा कि वह हर बार क्यों जानना चाहता था—

“तू रहेगा न**?**”

शायद पूछना चाहिए था।

शायद उसे बताना चाहिए था कि कुछ रिश्तों में बार-बार भरोसा माँगने की ज़रूरत नहीं होती।

या शायद—

मुझे खुद नहीं पता था कि एक दिन मैं ही उसकी ज़िंदगी से चला जाऊँगा।

फोन की कंपन से मेरी आँख खुली।

मैं वर्तमान में लौट आया।

कमरा वही था।

रात वही थी।

और स्क्रीन पर वही संदेश अब भी खुला था—

"अगर हो सके तो एक बार मिलना है।"

मैंने समय देखा।

3 बजकर **11** मिनट।

लगभग आधा घंटा बीत चुका था।

मेरी उँगली जवाब लिखने वाली जगह पर गई।

इस बार मैंने सिर्फ़ दो शब्द लिखे—

"कहाँ मिलना है**?**"

मैंने संदेश को कुछ सेकंड देखा।

फिर भेज दिया।

दो नीली टिक तुरंत आ गईं।

वह जाग रहा था।

जैसे मेरे जवाब का इंतज़ार कर रहा हो।

कुछ ही सेकंड बाद स्क्रीन पर लिखा आया—

typing…

फिर गायब हो गया।

दोबारा—

typing…

फिर गायब।

मैं स्क्रीन देखता रहा।

आख़िरकार उसका जवाब आया।

सिर्फ़ एक जगह का नाम।

वही पुरानी चाय की दुकान।

कॉलेज के बाहर वाली।

मैंने संदेश पढ़ा।

और पहली बार मेरे हाथ सच में काँपे।

तीन साल बाद वह मुझे वहीं बुला रहा था—

जहाँ कभी उसने बारिश के बीच मुझसे पूछा था,

"तू मुझे छोड़कर तो नहीं जाएगा?"

और मैंने उसका हाथ पकड़कर कहा था—

"कभी नहीं।"

मैंने फोन बंद कर दिया।

लेकिन इस बार अँधेरे में एक सवाल मेरे सामने खड़ा था—

हम दोनों में से आख़िर किसने किसे छोड़ा था?

3

कुछ मुलाक़ातें वहीं से शुरू होती हैं, जहाँ बातें ख़त्म हुई थीं

सुबह के सात बजकर बारह मिनट हो रहे थे।

मैं अब भी जाग रहा था।

रात और सुबह के बीच का वह समय मुझे हमेशा अजीब लगता था। रात पूरी तरह गई नहीं होती और दिन पूरी तरह आया नहीं होता। आसमान हल्का नीला पड़ने लगता है, सड़कें धीरे-धीरे जागने लगती हैं और रात भर जागा हुआ इंसान समझ नहीं पाता कि पिछला दिन ख़त्म हुआ है या नहीं।

मैंने पूरी रात सोने की कोशिश की थी।

कोशिश ही की थी।

नींद नहीं आई।

फोन मेरे तकिए के पास पड़ा था। हमारी बातचीत में सिर्फ़ चार संदेश थे।

“अगर हो सके तो एक बार मिलना है।”

“कहाँ मिलना है?”

उस पुरानी चाय की दुकान का नाम।

और फिर—

“शाम पाँच बजे।”

तीन साल की ख़ामोशी।

चार संदेशों में टूट गई थी।

मैंने कई बार सोचा कि मुलाक़ात रद्द कर दूँ।

सुबह आठ बजे।

फिर दस बजे।

दोपहर के एक बजे।

हर बार फोन उठाया।

कुछ लिखा।

फिर मिटा दिया।

आख़िरकार मैंने खुद से पूछा—

मैं उससे मिलने क्यों जा रहा हूँ?

जवाब नहीं मिला।

शायद जानना चाहता था कि वह तीन साल बाद क्यों लौटा।

शायद यह देखना चाहता था कि इन तीन वर्षों ने उसे कितना बदला है।

या शायद—

मैं सिर्फ़ यह जानना चाहता था कि उसे देखकर मुझे अब भी फ़र्क़ पड़ता है या नहीं।

इंसान कभी-कभी सामने वाले से मिलने नहीं जाता।

वह अपने भीतर बचे हुए किसी सवाल से मिलने जाता है।

शाम के चार बजकर बीस मिनट पर मैं घर से निकल गया।

जगह तक पहुँचने में मुश्किल से बीस मिनट लगते थे।

मैं चालीस मिनट पहले निकला।

क्यों?

शायद मैं देर नहीं करना चाहता था।

या शायद मैं जल्दी पहुँचकर खुद को उस जगह के लिए तैयार करना चाहता था।

रास्ता जाना-पहचाना था।

फिर भी सब कुछ बदला हुआ लग रहा था।

एक पुरानी किताबों की दुकान अब मोबाइल की दुकान बन चुकी थी। जिस खाली मैदान में हम कभी बाइक खड़ी करते थे, वहाँ एक बड़ी इमारत बन गई थी। सड़क चौड़ी हो चुकी थी।

शहर आगे बढ़ गया था।

मैं नहीं।

कॉलेज का मुख्य दरवाज़ा दूर से दिखाई दिया।

मेरे कदम अपने आप धीमे हो गए।

तीन साल बाद मैं उस रास्ते पर था।

वही रास्ता जहाँ कभी सुबह देर होने पर हम भागते हुए आया करते थे।

वही फुटपाथ जहाँ खड़े होकर हमने न जाने कितनी चाय पी थी।

वही मोड़ जहाँ एक बार चारों ने मिलकर तय किया था कि चाहे ज़िंदगी हमें कहीं भी ले जाए—

साल में कम-से-कम एक बार ज़रूर मिलेंगे।

हमने वह वादा सिर्फ़ एक साल निभाया था।

फिर ज़िंदगी आ गई।

मैं दुकान के सामने पहुँचा।

वह अब पहले जैसी नहीं थी।

पुरानी लकड़ी की बेंचों की जगह लोहे की कुर्सियाँ थीं। ऊपर नया बोर्ड लगा था। दुकान चलाने वाला बूढ़ा आदमी दिखाई नहीं दिया।

लेकिन चाय की खुशबू वही थी।

कुछ जगहें बदलकर भी हमारे भीतर वैसी ही रहती हैं।

मैंने फोन देखा।

4:47

मैं तेरह मिनट पहले पहुँच गया था।

मैंने कोने वाली मेज़ चुनी।

वही नहीं जहाँ हम बैठते थे।

जानबूझकर।

दुकानदार आया।

“क्या दूँ?”

“एक चाय।”

फिर मैंने तुरंत कहा—

“अभी नहीं। थोड़ी देर बाद।”

वह मुझे अजीब नज़रों से देखकर चला गया।

मैंने सड़क की तरफ़ देखना शुरू किया।

हर आता हुआ चेहरा कुछ सेकंड के लिए उसका लगता।

फिर कोई और निकलता।

4:52

4:56

4:59

दिल की धड़कन समय से तेज़ चल रही थी।

मैंने खुद से कहा—

सामान्य रहना।

जैसे तीन साल बाद किसी ऐसे इंसान से मिलना सामान्य बात हो, जिसके नाम को तुमने अपने सामने लेना तक बंद कर दिया था।

ठीक पाँच बजकर तीन मिनट पर वह आया।

मैंने उसे दूर से ही पहचान लिया।

कुछ लोग बदल जाते हैं।

फिर भी उन्हें पहचानने में एक पल नहीं लगता।

उसके बाल पहले से छोटे थे।

चेहरे पर हल्की दाढ़ी थी।

वह पहले से थोड़ा दुबला लग रहा था।

उसके चलने का तरीका वही था।

लेकिन कुछ और बदल गया था।

शायद आँखें।

पहले उसकी आँखों में पहुँचने से पहले उसकी हँसी मिलती थी।

आज हँसी कहीं नहीं थी।

उसने मुझे देखा।

उसके कदम एक पल के लिए रुक गए।

फिर वह मेरी तरफ़ आया।

मैं खड़ा नहीं हुआ।

वह सामने वाली कुर्सी के पास रुका।

"कैसा है?"

तीन साल बाद उसके मुँह से मेरे लिए निकले पहले शब्द।

मैंने कहा—

"ठीक हूँ।"

झूठ।

लेकिन तीन साल बाद किसी से सच बोलने की शुरुआत कहाँ से की जाती है?

उसने कुर्सी खींची।

"बैठ जाऊँ?"

मैंने उसकी तरफ़ देखा।

"पूछने के लिए बुलाया है?"

उसने नज़रें नीचे कर लीं।

फिर बैठ गया।

हम दोनों चुप थे।

तीन साल पहले हमारे बीच चुप्पी के लिए जगह नहीं होती थी।

आज शब्दों के लिए नहीं थी।

दुकानदार आया।

"चाय?"

मैंने उसकी तरफ़ देखा।

वह हल्का-सा मुस्कुराया।

"अब भी यहाँ की खराब चाय पीता है?"

एक पल के लिए—

सिर्फ़ एक पल के लिए—

मुझे पुराना समय दिखाई दिया।

मैंने जवाब दिया—

"पैसे तो चाय के ही लेते हैं।"

उसने मेरी तरफ़ देखा।

उसे याद था।

उसकी मुस्कान थोड़ी और गहरी हुई।

“पैसे देने से हर चीज़ चाय नहीं हो जाती।”

हम दोनों चुप हो गए।

दुकानदार शायद हमारे मज़ाक का मतलब नहीं समझा।

“दो चाय,” मैंने कहा।

वह चला गया।

मेरे सामने बैठा इंसान तीन साल बाद भी हमारी पहली चाय की बात याद रखता था।

और मैं नहीं जानता था कि इससे खुश होना चाहिए या नाराज़।

उसने मेज़ पर रखे अपने हाथों को देखा।

“तू बदल गया है।”

मैंने कहा—

“तीन साल कम नहीं होते।”

“हाँ।”

फिर चुप्पी।

मैंने आखिरकार पूछा—

“क्यों बुलाया है?”

उसने मेरी तरफ़ देखा।

“मिलना था।”

“तीन साल बाद?”

"हाँ।"

"क्यों?"

उसने जवाब नहीं दिया।

मैंने कुर्सी से थोड़ा पीछे होते हुए कहा—

"देख, अगर तू सिर्फ़ ये देखने आया है कि मैं ज़िंदा हूँ या नहीं, तो देख लिया। मैं ठीक हूँ।"

"मुझे पता है तू ठीक है।"

"कैसे?"

वह चुप हो गया।

मैंने उसकी आँखों में देखा।

"कैसे पता?"

"कभी-कभी... तेरे बारे में पता करता था।"

मेरे भीतर कुछ हिला।

लेकिन चेहरे पर आने नहीं दिया।

"किससे?"

"बस... लोगों से।"

"किन लोगों से?"

"क्या फ़र्क़ पड़ता है?"

मैं हँसा।

इस बार वह पुरानी हँसी नहीं थी।

“सही कहा। फ़र्क़ पड़ना तो तीन साल पहले बंद हो गया था।”

उसने मेरी तरफ़ देखा।

सीधे।

“अगर फ़र्क़ पड़ना बंद हो गया होता, तो तू आज यहाँ नहीं आता।”

मेरे पास जवाब था।

लेकिन मैंने दिया नहीं।

क्योंकि वह सही था।

और कुछ सच इसलिए बुरे लगते हैं क्योंकि वे हमारे बचाव के लिए बनाए गए सारे झूठ एक पल में गिरा देते हैं।

चाय आ गई।

मैंने कप उठा लिया।

वह चाय को देखता रहा।

“तुझे याद है,” उसने कहा, “पहली बार यहीं—”

“मुझे सब याद है।”

मैंने उसकी बात बीच में काट दी।

वह चुप हो गया।

मैंने चाय का घूँट लिया।

स्वाद शायद पहले से बेहतर था।

या शायद हमारी उम्र खराब हो गई थी।

कुछ देर बाद उसने कहा—

“मैं माफ़ी माँगने आया हूँ।”

मेरी उँगलियाँ कप पर रुक गईं।

मैंने उसकी तरफ़ नहीं देखा।

“किस बात की?”

वह कुछ सेकंड चुप रहा।

“बहुत सारी बातों की।”

मैं हँसा।

“तीन साल बाद?”

“हाँ।”

“माफ़ी की भी कोई उम्र होती है।”

“पता है।”

“नहीं। तुझे नहीं पता।”

मेरी आवाज़ थोड़ी ऊँची हो गई।

पास की मेज़ पर बैठे दो लोगों ने हमारी तरफ़ देखा।

मैंने आवाज़ धीमी की।

“तुझे पता होता तो तीन साल नहीं लगते।”

उसने कुछ नहीं कहा।

और उसका कुछ न कहना मुझे और गुस्सा दिला रहा था।

"क्या हुआ?" मैंने पूछा। "अचानक रात के पौने तीन बजे याद आया कि एक दोस्त हुआ करता था?"

"तुझे कभी भूला नहीं।"

मैंने पहली बार उसकी आँखों में देखा।

"ये मत कहना।"

"सच है।"

"मत कहना।"

"क्यों?"

"क्योंकि अगर याद था तो एक फोन कर सकता था।"

वह चुप।

"एक मैसेज।"

चुप।

"सिर्फ़ इतना कि—भाई, ज़िंदा है?"

उसने नज़रें झुका लीं।

"मैं कर नहीं पाया।"

"क्यों?"

उसने जवाब नहीं दिया।

मैं आगे झुका।

“यही जानने आया हूँ। क्यों?”

उसने गहरी साँस ली।

“क्योंकि मुझे लगा तू मुझसे बात नहीं करना चाहता।”

मैं कुछ सेकंड उसे देखता रहा।

फिर हँसा।

“कमाल है।”

“क्या?”

“आज के बाद मुझे फोन मत करना—ये किसने कहा था?”

वह चुप हो गया।

“मैंने?”

उसकी आँखें नीचे थीं।

“बोल।”

“मैंने।”

“फिर?”

“मैं गुस्से में था।”

“तीन साल तक?”

“नहीं।”

“तो जब गुस्सा उतर गया, तब?”

उसने कप उठा लिया।

चाय ठंडी हो रही थी।

“तब देर हो चुकी थी।”

“किसने कहा?”

“मुझे लगा।”

“बस यही समस्या थी तेरी।”

वह मेरी तरफ़ देखने लगा।

“तुझे हमेशा लगता रहा। कभी पूछा नहीं।”

मेरे मुँह से यह वाक्य निकलते ही कुछ पुराना मेरे भीतर खुल गया।

मैंने नज़रें फेर लीं।

सड़क पर एक बाइक गुज़री।

कॉलेज के कुछ छात्र हँसते हुए दुकान के सामने से निकले।

उन्हें देखकर एक पल के लिए हम दोनों चुप हो गए।

कभी हम भी ऐसे ही थे।

हमें लगता था कि सबसे बड़ी समस्या अगली परीक्षा है।

काश ज़िंदगी की समस्याएँ पाठ्यक्रम में होतीं।

कम-से-कम पता तो होता कि तैयारी किस अध्याय से करनी है।

उसने धीरे से कहा—

“तूने भी तो फोन नहीं किया।”

मैंने तुरंत उसकी तरफ़ देखा।

“क्या?”

“मैंने मना किया। मानता हूँ। लेकिन तू मुझे जानता था।”

“तो?”

“तुझे पता था मैं गुस्से में था।”

“इसका मतलब?”

“तू एक बार और कोशिश कर सकता था।”

मैंने कप मेज़ पर रख दिया।

“मैंने की थी।”

वह चुप।

“तीन बार फोन किया था।”

उसके चेहरे का रंग बदल गया।

“क्या?”

“उसी रात। तीन बार।”

“मुझे कोई कॉल नहीं आई थी।”

मैंने उसे देखा।

“झूठ मत बोल।”

“मैं झूठ नहीं बोल रहा।”

“मैंने तीन बार फोन किया था।”

“मेरे फोन पर कोई कॉल नहीं थी।”

“फिर अगले दिन मैसेज किया।”

उसकी भौंहें सिकुड़ गईं।

“कौन-सा मैसेज?”

अब चुप होने की बारी मेरी थी।

हम दोनों एक-दूसरे को देख रहे थे।

मेरे भीतर अचानक गुस्से की जगह कुछ और आने लगा।

एक सवाल।

मैंने कहा—

“तू कहना क्या चाहता है?”

“मैंने तेरे कोई कॉल या मैसेज नहीं देखे।”

“असंभव।”

“सच कह रहा हूँ।”

“मैंने खुद भेजे थे।”

“क्या लिखा था?”

मुझे आज भी याद था।

शब्दशः।

“गुस्सा ख़त्म हो जाए तो फोन कर देना। दोस्ती इतनी छोटी नहीं कि एक लड़ाई में खत्म हो जाए।”

मैंने उसे वही बताया।

वह कुछ देर तक मुझे देखता रहा।

फिर धीरे से बोला—

"मुझे यह मैसेज कभी नहीं मिला।"

मेरी रीढ़ में एक अजीब-सी ठंडक उतर गई।

मैंने तुरंत कहा—

"हो सकता है तूने डिलीट कर दिया हो।"

"हो सकता है।"

उसने यह कहा, लेकिन उसके चेहरे पर कुछ और था।

"क्या?"

"कुछ नहीं।"

"अभी तूने कुछ सोचा।"

"नहीं।"

"मैं तुझे जानता हूँ।"

उसने हल्की-सी हँसी के साथ कहा—

"जानता था।"

यह वाक्य मेरे भीतर कहीं चुभ गया।

जानता था।

भूतकाल।

कुछ रिश्ते व्याकरण में भी मर जाते हैं।

मैंने पूछा—

"क्या सोच रहा है?"

उसने सड़क की तरफ़ देखा।

"उस रात मेरा फोन मेरे पास नहीं था।"

मैं चुप हो गया।

"क्या मतलब?"

"हमारी लड़ाई के बाद... मैं फोन वहीं छोड़कर चला गया था।"

मेरे हाथ अपने आप मेज़ पर कस गए।

"कहाँ?"

उसने मेरी तरफ़ देखा।

इस बार उसकी आँखों में वह डर था जो मैंने वर्षों पहले बारिश वाली शाम देखा था।

उसने एक नाम लिया।

हमारे चार लोगों में से एक नाम।

मैंने कुछ नहीं कहा।

दुकान की आवाज़ें अचानक दूर लगने लगीं।

लोग बात कर रहे थे।

गाड़ियाँ चल रही थीं।

चाय बन रही थी।

लेकिन मेरे भीतर सिर्फ़ एक सवाल था।

"कितनी देर उसके पास था फोन?"

"अगली सुबह तक।"

मैंने नज़रें नीचे कर लीं।

तीन कॉल।

एक मैसेज।

कोई जवाब नहीं।

तीन साल की ख़ामोशी।

क्या यह सब सिर्फ़ एक गलतफ़हमी थी?

नहीं।

इतना आसान नहीं हो सकता था।

क्योंकि हमारी लड़ाई फोन से शुरू नहीं हुई थी।

उसकी वजह कुछ और थी।

एक ऐसी बात, जिसने उस रात हम दोनों को एक-दूसरे के सामने खड़ा कर दिया था।

मैंने पूछा—

"तू आज यह सब क्यों बता रहा है?"

वह बहुत देर तक चुप रहा।

फिर उसने जेब से अपना फोन निकाला।

कुछ खोजा।

और फोन मेरी तरफ़ बढ़ा दिया।

स्क्रीन पर एक तस्वीर थी।

पुरानी।

बहुत पुरानी।

मैंने उसे देखते ही पहचान लिया।

वही कमरा।

वही रात।

वही चार लोग।

लेकिन तस्वीर में एक पाँचवाँ इंसान भी था।

मेरी साँस जैसे रुक गई।

“ये तेरे पास कहाँ से आई?”

“कल मिली।”

“किसने भेजी?”

उसने मेरी आँखों में देखते हुए कहा—

“यही वजह है कि मैंने तुझे बुलाया।”

मैंने फिर तस्वीर देखी।

तीन साल से मैं उस रात को जिस तरह याद करता आया था—

तस्वीर उससे अलग कहानी कह रही थी।

“किसने भेजी?” मैंने दोबारा पूछा।

उसने जवाब देने से पहले कुछ सेकंड लिए।

फिर कहा—

“जिसके बारे में हम दोनों को बताया गया था कि वह उस रात वहाँ था ही नहीं।”

मैंने उसकी तरफ़ देखा।

मेरे भीतर तीन साल पुरानी वह रात फिर से ज़िंदा होने लगी।

वह कमरा।

ऊँची आवाज़ें।

आरोप।

गुस्सा।

और एक ऐसा सच—

जिस पर हम दोनों ने बिना सवाल किए विश्वास कर लिया था।

मैंने फोन वापस उसकी तरफ़ बढ़ाया।

“तुझे क्या लगता है?”

उसने फोन नहीं लिया।

बस मेरी तरफ़ देखता रहा।

फिर बहुत धीरे से बोला—

“मुझे लगता है...”

वह रुका।

“...हमारी दोस्ती टूटी नहीं थी।”

मैंने उसकी आँखों में देखा।

“फिर?”

उसने फोन उठाया।

स्क्रीन बंद की।

और कहा—

“तोड़ी गई थी।”

उस एक वाक्य के बाद हमारे बीच फिर ख़ामोशी आ गई।

लेकिन इस बार वह तीन साल पुरानी ख़ामोशी जैसी नहीं थी।

उसमें सवाल थे।

शक था।

और एक ऐसा अतीत था—

जो शायद अब तक हमने कभी सच में देखा ही नहीं था।

मैंने सड़क की तरफ़ देखा।

कॉलेज के गेट से छात्र बाहर निकल रहे थे।

हँसते हुए।

बातें करते हुए।

ठीक वैसे ही जैसे कभी हम निकला करते थे।

मुझे अचानक वह तस्वीर याद आई—

17 अगस्त।

चार लड़के।

चार मुस्कुराते चेहरे।

और पीछे लिखे चार शब्द—

“भाई हैं, हमेशा रहेंगे।”

तीन साल से मैं सोचता रहा था कि हम अपने वादे निभा नहीं पाए।

लेकिन पहली बार मेरे मन में एक दूसरा सवाल आया—

अगर हम चारों भाई थे...

तो हममें से वह कौन था, जिसे हमारे हमेशा से परेशानी थी?

4

हर मुस्कुराता हुआ चेहरा बेफ़िक्र नहीं होता

"कुछ लोग हमारी ज़िंदगी में शोर लेकर आते हैं,और जब चले जाते हैं,तब उनकी ख़ामोशी सबसे ज़्यादा सुनाई देती है।"

मैंने कभी नहीं सोचा था कि तीन साल बाद उसी चाय की दुकान पर बैठा मैं अपने अतीत का हिसाब करूँगा।

अमित मेरे सामने बैठा था।

चाय ठंडी हो चुकी थी।

हम दोनों के बीच अब भी बहुत-सी बातें थीं, लेकिन शब्द कम पड़ रहे थे।

उसने धीरे से कहा—

"राघव... अगर मैं तुझसे कहूँ कि उस रात जो हुआ, वह वैसा था ही नहीं जैसा हमने समझा..."

मैंने उसकी बात बीच में ही रोक दी।

"मत कर, अमित ।"

"सुन तो ले।"

"नहीं।"

मेरी आवाज़ पहली बार इतनी सख़्त हुई कि वह चुप हो गया।

मैंने खिड़की के बाहर देखा। कॉलेज की छुट्टी हो चुकी थी। लड़के-लड़कियाँ हँसते हुए बाहर निकल रहे थे।

उन्हें देखकर मेरे होंठों पर एक फीकी-सी मुस्कान आई।

हम भी कभी ऐसे ही थे...

...

तीन साल पहले...

कॉलेज का दूसरा महीना चल रहा था।

अब हम चारों पूरे कॉलेज में साथ दिखाई देने लगे थे।

मैं... राघव।

अमित ... जो बिना वजह भी हँसा सकता था।

कबीर... जिसके पास हर सवाल का बेकार जवाब होता था।

और दीपक ... जो कम बोलता था, लेकिन जब बोलता था, तो हम तीनों चुप हो जाते थे।

पूरे कॉलेज में हमारी पहचान बन चुकी थी।

कुछ लोग हमें "चार पागल" कहते थे।

कुछ "गैंग"।

और कुछ सिर्फ़ मुस्कुराकर कहते—

"लो... ये आ गए।"

सच कहूँ तो हमें किसी नाम से फ़र्क़ नहीं पड़ता था।

क्योंकि उस उम्र में हमारे पास खोने के लिए कुछ था ही नहीं।

या कम-से-कम हमें ऐसा ही लगता था।

उस दिन भी क्लास ख़त्म होने के बाद हम कैंटीन की तरफ़ जा रहे थे।

कबीर हमेशा की तरह आगे-आगे चल रहा था।

"आज कोई पैसे नहीं देगा।"

मैंने पूछा—

"फिर चाय कौन पिलाएगा?"

उसने मुस्कुराकर कहा—

"आज उधार पर पिएँगे।"

अमित हँस पड़ा।

"तू जिस दिन करोड़पति बनेगा, उस दिन सबसे पहले ये चाय वाला अमीर होगा।"

कबीर ने बिना रुके जवाब दिया—

"भाई, रिश्ते बनाने चाहिए। बैंक बैलेंस नहीं।"

दीपक ने धीरे से कहा—

"रिश्ते भी वही निभा पाते हैं, जिनके पास ईमान बचा रहता है।"

हम तीनों उसकी तरफ़ देखने लगे।

कबीर बोला—

"भाई, तू इंसान है या किताब?"

दीपक मुस्कुरा दिया।

"किताबें कम-से-कम झूठ नहीं बोलतीं।"

कुछ पल के लिए हम सब चुप हो गए।

आज सोचता हूँ...

उस दिन उसने जो कहा था, वही इस पूरी कहानी का सबसे बड़ा सच था।

...

कैंटीन हमेशा की तरह भरी हुई थी।

हमें एक कोने की मेज़ मिली।

कबीर ने जेब टटोली।

फिर दूसरी जेब।

फिर बैग।

फिर हमारी तरफ़ देखा।

“एक अच्छी खबर है।”

मैंने कहा—

“क्या?”

“मेरे पास पंद्रह रुपये हैं।”

अमित हँसते-हँसते बोला—

“और बुरी खबर?”

“चाय बीस की है।”

हम सब हँस पड़े।

आख़िरकार चारों ने जेबें खाली कीं।

कुल मिलाकर अड़तालीस रुपये निकले।

चार चाय और एक समोसा।

हमने फैसला किया—

समोसा चार हिस्सों में बाँटा जाएगा।

आज अगर कोई करोड़पति हमें उस हालत में देखता, तो शायद हँस देता।

लेकिन सच कहूँ...

ज़िंदगी में उतना अमीर मैं फिर कभी नहीं हुआ।

...

चाय आई।

समोसा आया।

और उसके साथ वही पुरानी बहस।

"सबसे बड़ा हिस्सा किसे मिलेगा?"

कबीर बोला—

"जिसने पैसे सबसे ज़्यादा दिए।"

मैंने कहा—

"तो फिर चाय वाला खा लेगा।"

हँसी का ऐसा दौर चला कि पास वाली मेज़ के लोग भी हमें देखने लगे।

अमित सबसे ज़्यादा हँस रहा था।

इतना कि उसकी आँखों में आँसू आ गए।

मैं उसे देख रहा था।

वह जब हँसता था, तो सच में लगता था कि दुनिया में उससे ज़्यादा खुश इंसान कोई नहीं।

लेकिन उसी पल...

मैंने कुछ नोटिस किया।

उसकी हँसी अचानक रुक गई।

उसने जेब से फोन निकाला।

स्क्रीन देखी।

चेहरा बदल गया।

सिर्फ़ दो सेकंड के लिए।

फिर उसने फोन वापस जेब में रख दिया...

और पहले से भी ज़्यादा ज़ोर से हँसने लगा।

बाक़ी किसी ने ध्यान नहीं दिया।

मैंने दिया।

मैंने पूछा—

"सब ठीक है?"

उसने तुरंत जवाब दिया—

"हाँ।"

"पक्का?"

"हाँ भाई... घर से कॉल था।"

“सब ठीक?”

“बिल्कुल।”

उसने मुस्कुराकर कहा।

मैंने बात वहीं छोड़ दी।

लेकिन पता नहीं क्यों...

उसकी मुस्कान पहली बार मुझे अधूरी लगी।

उस शाम जब हम हॉस्टल लौट रहे थे, तो मैं सबसे पीछे चल रहा था।

अमित मेरे साथ आकर चलने लगा।

कुछ देर तक हम दोनों चुप रहे।

फिर मैंने पूछा—

“सच बता... क्या हुआ था?”

वह मुस्कुराया।

“क्या?”

“कैंटीन में।”

“कुछ नहीं।”

“झूठ।”

वह रुक गया।

पहली बार उसने मेरी आँखों में सीधे देखा।

और धीरे से बोला—

“राघव... हर सवाल का जवाब उसी दिन नहीं दिया जाता।”

मैं कुछ समझ नहीं पाया।

उसने फिर मुस्कुराकर मेरे कंधे पर हाथ रखा।

“चल... देर हो रही है।”

हम आगे बढ़ गए।

लेकिन उस दिन पहली बार मुझे एहसास हुआ...

अमित की ज़िंदगी में एक ऐसा दरवाज़ा था...

जिसके पीछे वह किसी को आने नहीं देना चाहता था।

और शायद...

वहीं से हमारी कहानी ने एक नया मोड़ लेना शुरू कर दिया था...

“कुछ लोग रोते कम हैं,इसलिए नहीं कि उन्हें दर्द कम होता है...बल्कि इसलिए कि उन्हें बचपन से सिखा दिया जाता है—लड़के रोते नहीं।”

उस दिन हॉस्टल लौटते समय अमित पूरे रास्ते हँसता रहा।

कबीर आगे-आगे चलते हुए किसी प्रोफेसर की नकल उतार रहा था और दीपक हर दो मिनट में उसे टोक देता—

“अगर किसी ने सुन लिया तो?”

कबीर ने हँसकर कहा—

“यही तो चाहता हूँ।”

“फिर?”

“कम-से-कम पहली बार कोई प्रोफेसर मुझे ध्यान से तो सुनेगा।”

हम सब फिर हँस पड़े।

लेकिन उस हँसी के बीच मेरा ध्यान बार-बार अमित पर जा रहा था।

वह हँस रहा था।

बातें भी कर रहा था।

मज़ाक भी पहले जैसा ही था।

फिर भी...

कुछ बदला हुआ था।

कभी-कभी इंसान का चेहरा नहीं बदलता...

उसकी आँखों की थकान बदल जाती है।

हॉस्टल का कमरा छोटा था।

दो लोहे के बेड।

एक पुरानी लकड़ी की मेज़।

और खिड़की, जो बंद होने के बाद भी आधी खुली रहती थी।

मैं और दीपक एक कमरे में रहते थे।

अमित और कबीर सामने वाले कमरे में।

रात के करीब साढ़े दस बजे होंगे।

दीपक किताब खोलकर बैठा था।

मैं डायरी निकाल चुका था।

"तू रोज़ लिखता है?" उसने बिना ऊपर देखे पूछा।

"लगभग।"

"क्या लिखता है?"

मैं मुस्कुराया।

"जो किसी से कह नहीं पाता।"

दीपक ने पहली बार किताब बंद की।

"फिर तो सबसे ज़्यादा सच तेरी डायरी जानती होगी।"

मैं कुछ नहीं बोला।

शायद वह सही था।

कुछ बातें इंसान दुनिया से नहीं...

काग़ज़ से कहता है।

मैंने डायरी खोली।

ऊपर तारीख़ लिखी।

फिर बहुत देर तक पेन हाथ में पकड़े बैठा रहा।

शब्द नहीं आ रहे थे।

आख़िर मैंने सिर्फ़ एक लाइन लिखी—

"आज पहली बार लगा कि अमित मुस्कुरा तो रहा है... लेकिन खुश नहीं है।"

बस।

उसके आगे कुछ नहीं।

कई बार एक अधूरी लाइन पूरी कहानी कह देती है।

रात के लगभग ग्यारह बजे दरवाज़े पर दस्तक हुई।

“आ जा।”

दरवाज़ा खुला।

कबीर अंदर आया।

हाथ में स्टील का गिलास था।

“महाशयों... चाय।”

मैंने हँसकर पूछा—

“इतनी रात में?”

“आज मेरी तरफ़ से।”

“क्यों?”

उसने गर्व से कहा—

“घर से पाँच सौ रुपये आए हैं।”

मैंने कहा—

“इतनी खुशी?”

“भाई...

गरीब आदमी के लिए पाँच सौ भी त्योहार होता है।"

हम तीनों मुस्कुरा दिए।

कुछ देर बाद अमित भी कमरे में आ गया।

वह आते ही फर्श पर बैठ गया।

"क्या चल रहा है?"

कबीर बोला—

"ज़िंदगी।"

"और?"

"उधार।"

सब फिर हँस पड़े।

उस रात हम चारों पहली बार बिना किसी वजह के बहुत देर तक बातें करते रहे।

किसी ने पूछा—

"दस साल बाद क्या करोगे?"

कबीर ने कहा—

"बहुत पैसा कमाऊँगा।"

मैंने पूछा—

"फिर?"

"फिर अपने बच्चों को कभी उधार पर चाय नहीं पीने दूँगा।"

दीपक बोला—

"मैं शायद कहीं पहाड़ों में रहूँ।"

"क्यों?"

"क्योंकि वहाँ शोर कम होता है।"

सबकी नज़रें अब अमित पर थीं।

"और तू?"

उसने कुछ सेकंड सोचा।

फिर बोला—

"मुझे नहीं पता।"

"मतलब?"

"मैंने कभी इतना आगे सोचा ही नहीं।"

मैंने पहली बार उसकी आवाज़ में डर सुना।

सपने न होना...

गरीबी से भी बड़ा डर होता है।

"और तू, राघव?"

मैंने जवाब दिया—

"मैं लिखना चाहता हूँ।"

तीनों मेरी तरफ़ देखने लगे।

कबीर ने पूछा—

“क्या?”

“कहानियाँ।”

“हमारी भी?”

मैं हँसा।

“अगर तुम लोग इजाज़त दो।”

अमित अचानक बोला—

“एक वादा कर।”

“क्या?”

“अगर कभी हमारी कहानी लिखे...

तो किसी को विलेन मत बनाना।”

कमरे में अचानक ख़ामोशी फैल गई।

मैंने पूछा—

“क्यों?”

वह मुस्कुराया।

लेकिन इस बार उसकी मुस्कान बहुत थकी हुई थी।

“क्योंकि...

हर गलत इंसान बुरा नहीं होता।

कुछ लोग बस...

टूटे हुए होते हैं।"

उस समय मुझे उसकी बात समझ नहीं आई।

आज...

तीन साल बाद...

उसी चाय की दुकान पर बैठा मैं उसकी बात याद कर रहा था।

और पहली बार महसूस कर रहा था—

शायद वह उस रात की नहीं...

अपनी ज़िंदगी की बात कर रहा था।

वर्तमान...

"राघव..."

अमित की आवाज़ ने मुझे वर्तमान में लौटा दिया।

"कहाँ खो गया?"

मैंने धीमे से कहा—

"उसी रात में...

जहाँ से सब बदला था।"

उसने गहरी साँस ली।

"काश...

हम उस रात वापस जा पाते।"

मैंने उसकी तरफ़ देखा।

“वापस जाकर बदल क्या लेते?”

उसने बिना सोचे जवाब दिया—

“चुप नहीं रहता।”

मैंने पहली बार उसके चेहरे पर पछतावा देखा।

सच्चा पछतावा।

ऐसा जो तीन साल बाद भी कम नहीं हुआ था।

चाय खत्म हो चुकी थी।

शाम अब ढलने लगी थी।

सड़क पर रोशनी जल चुकी थी।

मैंने बिल देने के लिए जेब में हाथ डाला।

अमित ने मेरा हाथ रोक लिया।

“आज मैं दूँगा।”

मैंने कहा—

“ज़रूरत नहीं।”

“मुझे है।”

मैंने हाथ वापस खींच लिया।

उसने पैसे दिए।

दुकानदार चला गया।

कुछ पल बाद उसने अपनी जेब से पुराना चमड़े का बटुआ निकाला।

उसमें से एक मुड़ा हुआ काग़ज़ निकाला।

बहुत पुराना।

किनारे पीले पड़ चुके थे।

उसने बिना कुछ कहे वह काग़ज़ मेरी तरफ़ बढ़ा दिया।

“ये क्या है?”

“पढ़।”

मैंने काग़ज़ खोला।

पहली लाइन पढ़ते ही मेरी धड़कन रुक-सी गई।

वह मेरी लिखावट थी।

मेरी ही।

ऊपर तारीख़ थी।

18 अगस्त।

मैंने नीचे पढ़ना शुरू किया—

“अगर कभी हम चारों अलग हो गए...तो याद रखना, गलती किसी एक की नहीं होगी।रिश्ते हमेशा दो तरफ़ से टूटते हैं।”

मेरे हाथ काँपने लगे।

“ये... तेरे पास कैसे आया?”

अमित ने धीमे से कहा—

"तूने लिखा था... लेकिन कभी मुझे दिया नहीं।"

"फिर?"

"किसी ने दिया।"

"किसने?"

उसने मेरी आँखों में देखा।

बहुत देर तक।

फिर सिर्फ़ एक नाम लिया—

"दीपक।"

मैं कुछ बोल नहीं पाया।

क्योंकि मेरी यादों में...

मैंने यह पन्ना कभी किसी को नहीं दिखाया था।

फिर यह अमित तक पहुँचा कैसे?

और सबसे बड़ा सवाल...

दीपक ने उसे क्यों दिया?

उस एक सवाल ने...

तीन साल पुरानी हर याद को फिर से शक के घेरे में ला खड़ा किया।

मुझे पहली बार लगा—

शायद हमारी कहानी में जो दिखाई दिया...

सच उससे कहीं ज़्यादा गहरा था।

5

कुछ लोग हमारी कहानी में देर से आते हैं... लेकिन सब कुछ बदल देते हैं।

"ज़िंदगी कभी-कभी हमें उन लोगों से मिलवाती है, जिनसे मिलना हमारी इच्छा नहीं... हमारी ज़रूरत होती है।"

चाय की दुकान से लौटते समय मैंने एक बार भी पीछे मुड़कर नहीं देखा।

मुझे डर था...

अगर मैंने एक बार भी अमित की तरफ़ देखा, तो शायद तीन साल से अपने भीतर बनाई हुई सारी दीवारें गिर जाएँगी।

जेब में रखा वह पुराना काग़ज़ बार-बार उँगलियों से टकरा रहा था।

वही काग़ज़...

जिसे मैंने कभी किसी को नहीं दिया था।

फिर वह अमित तक पहुँचा कैसे?

और अगर सच में दीपक ने दिया था...

तो क्यों?

मैंने चलते-चलते आसमान की तरफ़ देखा।

शाम अब रात में बदल रही थी।

कुछ सवाल ऐसे होते हैं...

जो अँधेरा होते ही और गहरे लगने लगते हैं।

तीन साल पहले...

कॉलेज का पहला सेमेस्टर आधा बीत चुका था।

अब क्लासरूम सिर्फ़ पढ़ाई की जगह नहीं रह गया था।

वह हमारी दुनिया बन चुका था।

उस दिन प्रोफेसर अभी आए नहीं थे।

पूरी क्लास शोर कर रही थी।

कबीर आख़िरी बेंच पर खड़ा होकर किसी फिल्म का डायलॉग बोल रहा था।

अमित उसकी एक्टिंग देखकर हँस-हँसकर दोहरा हो रहा था।

मैं खिड़की के पास बैठा डायरी में कुछ लिख रहा था।

तभी...

क्लासरूम का दरवाज़ा धीरे से खुला।

सारा शोर एक पल को थम गया।

एक लड़की अंदर आई।

हाथ में कुछ किताबें थीं।

चेहरे पर घबराहट साफ़ दिखाई दे रही थी।

शायद वह नई थी।

उसने पूरी क्लास पर एक नज़र डाली।

फिर धीरे से पूछा—

“एक्सक्यूज़ मी... सेकंड ईयर बी.ए. का सेक्शन ‘बी’ यही है?”

कबीर तुरंत खड़ा हो गया।

“जी हाँ... और अगर नहीं भी होगा तो आज से यहीं होगा।”

पूरी क्लास हँस पड़ी।

लड़की भी हल्का-सा मुस्कुरा दी।

उसी समय प्रोफेसर अंदर आ गए।

“कौन है?”

“सर... नई एडमिशन।”

“अच्छा... अंदर आइए।”

उन्होंने पूरी क्लास की तरफ़ देखा।

“कोई एक सीट खाली है?”

अमित ने बिना कुछ सोचे अपना बैग उठाया और मेरी बेंच की तरफ़ आ गया।

“सर, यहाँ बैठ सकती हैं।”

लड़की ने धीरे से “थैंक यू” कहा और उसकी सीट पर बैठ गई।

मैंने पहली बार अमित की तरफ़ देखा।

वह हमेशा की तरह मुस्कुरा रहा था।

उसे शायद अंदाज़ा भी नहीं था कि उसने अभी-अभी जो छोटी-सी जगह बनाई है...

वह आगे चलकर हमारी ज़िंदगी में कितनी बड़ी जगह बना देगी।

लेक्चर ख़त्म हुआ।

जैसे ही प्रोफेसर बाहर गए, कबीर सीधे उस लड़की के सामने पहुँच गया।

"हाय... मैं कबीर।"

"नैना।"

"अच्छा नाम है।"

"धन्यवाद।"

"और ये..." उसने हमारी तरफ़ इशारा किया, "ये लोग भी बुरे नहीं हैं।"

अमित ने हाथ बढ़ाया।

"मैं अमित।"

"राघव।"

"दीपक।"

नैना ने मुस्कुराकर सबको नमस्ते कहा।

उसकी मुस्कान में बनावट नहीं थी।

ऐसी मुस्कान जो पहली मुलाक़ात में भी अजनबीपन कम कर दे।

लंच ब्रेक में वह अकेली बैठी थी।

कैंटीन के कोने वाली मेज़ पर।

मैंने देखा।

फिर अपनी ट्रे उठाई।

अमित ने पूछा—

“कहाँ जा रहा है?”

“वहीं।”

“क्यों?”

“क्योंकि अकेले खाना... मुझे हमेशा बुरा लगता है।”

अमित मुस्कुरा दिया।

“चल... हम सब चलते हैं।”

कुछ ही सेकंड में हम चारों उसकी मेज़ पर थे।

“बैठ सकते हैं?”

नैना ने हल्के से सिर हिलाया।

“ज़रूर।”

कुछ मिनट तक सिर्फ़ खाने की आवाज़ें थीं।

फिर कबीर ने चुप्पी तोड़ी—

“देखो... हमारे ग्रुप का एक नियम है।”

नैना ने पूछा—

“क्या?”

“जो हमारे साथ पहली बार खाना खाता है... उसे अपनी एक ऐसी बात बतानी पड़ती है जो किसी को नहीं पता।”

“ये कैसा नियम है?”

“अभी बनाया है।”

सब हँस पड़े।

नैना भी।

उसने कुछ देर सोचा।

फिर बोली—

“ठीक है...

मुझे नए लोगों से बहुत डर लगता है।”

हम सब चुप हो गए।

उसने हँसने की कोशिश की।

“अजीब लगा?”

मैंने धीरे से कहा—

“नहीं...

सच्चा लगा।”

उसने पहली बार मेरी तरफ़ देखा।

शायद इसलिए...

क्योंकि मैंने उसका मज़ाक नहीं उड़ाया।

वापस क्लास जाते समय अमित ने धीरे से मुझसे पूछा—

"तुझे भी लगा... वो कुछ छुपा रही है?"

मैंने कहा—

"हाँ।"

"क्या?"

"पता नहीं।"

"फिर कैसे कहा?"

मैं मुस्कुराया।

"जो लोग डर बताते हैं...

उनके पास अक्सर उससे बड़ा कोई दर्द होता है।"

अमित कुछ नहीं बोला।

बस मेरी तरफ़ देखता रहा।

फिर धीरे से हँसा।

"राघव... तू डायरी कम लिखा कर।

हर इंसान किताब नहीं होता।"

मैंने जवाब दिया—

"और हर किताब पहली नज़र में समझ भी नहीं आती।"

हम दोनों हँस दिए।

लेकिन हमें क्या पता था...

जिस लड़की से हमारी आज पहली मुलाक़ात हुई थी...

कुछ महीनों बाद वही हमारे सबसे मज़बूत रिश्ते की सबसे कठिन परीक्षा की गवाह बनने वाली थी।

और शायद...

हममें से किसी को भी उस दिन का इंतज़ार नहीं था।

"दोस्ती की सबसे बड़ी खूबसूरती यह नहीं कि आप हर दिन साथ रहते हैं...बल्कि यह है कि बिना कहे भी एक-दूसरे को समझ लेते हैं।"

नैना के आने के बाद कॉलेज में कुछ भी अलग नहीं हुआ।

कम-से-कम हमें तो ऐसा ही लगा।

वह अपनी पढ़ाई में रहती।

ज़रूरत पड़ने पर बात करती।

और बाकी समय किताबों में खोई रहती।

कबीर ने दो-तीन दिन तक उससे दोस्ती करने की बहुत कोशिश की।

लेकिन तीसरे दिन उसने खुद ही हार मान ली।

"भाई..." उसने कैंटीन में बैठते हुए कहा, "ये लड़की मुझे देखकर ऐसे 'हाँ' और 'ना' में जवाब देती है जैसे मैं बैंक से लोन माँगने आया हूँ।"

अमित ज़ोर से हँसा।

"अच्छा है... पहली बार किसी ने तुझे ज़्यादा बोलने नहीं दिया।"

हम सब हँस पड़े।

धीरे-धीरे कॉलेज फिर पहले जैसा हो गया।

या शायद...

हमें सिर्फ़ ऐसा लगता था।

सितंबर की हल्की बारिश शुरू हो चुकी थी।

हमारी सबसे पसंदीदा जगह कॉलेज की पुरानी लाइब्रेरी के पीछे वाली सीढ़ियाँ थीं।

वहाँ भीड़ कम रहती थी।

हवा हमेशा थोड़ी ठंडी होती थी।

और सामने दूर तक पेड़ दिखाई देते थे।

उस दिन भी हम चारों वहीं बैठे थे।

कबीर ने अचानक पूछा—

"एक सवाल पूछूँ?"

दीपक ने किताब बंद की।

"पूछ।"

"अगर हम चारों में से कोई एक अचानक कॉलेज छोड़ दे... तो सबसे ज़्यादा कौन रोएगा?"

मैंने तुरंत कहा—

“तू।”

“मैं क्यों?”

“क्योंकि तेरे पास नोट्स नहीं रहेंगे।”

अमित इतनी ज़ोर से हँसा कि सीढ़ियों पर बैठी दो लड़कियाँ भी मुस्कुरा दीं।

कबीर ने मेरा बैग उठाकर मारने की कोशिश की।

“बहुत बोलने लगा है तू।”

मैं भागा।

अमित भी पीछे भागा।

कुछ ही देर में चारों पूरे मैदान में बच्चों की तरह दौड़ रहे थे।

उस पल...

हमें दुनिया की कोई चिंता नहीं थी।

शाम को हॉस्टल लौटते समय अचानक तेज़ बारिश शुरू हो गई।

हम चारों एक छोटी-सी चाय की दुकान के नीचे खड़े हो गए।

दुकानदार ने पूछा—

“चार चाय?”

कबीर बोला—

“भैया... पहले रेट बताइए।”

“दस रुपये।”

कबीर ने राहत की साँस ली।

“चलो... आज इज़्ज़त बच गई।”

चाय आ गई।

बारिश लगातार हो रही थी।

सड़क लगभग खाली हो चुकी थी।

दीपक चुपचाप बारिश देख रहा था।

मैंने पूछा—

“क्या सोच रहा है?”

उसने बिना मेरी तरफ़ देखे कहा—

“पता है...

बारिश मुझे अच्छी नहीं लगती।”

“क्यों?”

“क्योंकि बारिश में लोग आसमान देखते हैं...

और मैं हमेशा ज़मीन देखने लगता हूँ।”

हम तीनों उसकी तरफ़ देखने लगे।

कबीर बोला—

“तू हर बात इतनी गहरी क्यों बोलता है?”

दीपक मुस्कुराया।

“क्योंकि हल्की बातें मुझे ज़्यादा देर याद नहीं रहतीं।”

तभी...

अमित का फोन बजा।

स्क्रीन पर सिर्फ़ एक शब्द लिखा था—

“घर”

उसने फोन देखा।

कुछ सेकंड तक स्क्रीन को घूरता रहा।

फिर...

उसने कॉल काट दी।

मैंने पहली बार ऐसा देखा था।

“उठाया क्यों नहीं?”

मैंने पूछा।

उसने बनावटी मुस्कान के साथ कहा—

“बाद में बात कर लूँगा।”

लेकिन उसकी उँगलियाँ काँप रही थीं।

मैंने कुछ नहीं कहा।

दोस्ती का मतलब हर सवाल पूछना नहीं होता...

कभी-कभी सही समय का इंतज़ार करना भी होता है।

रात को करीब बारह बजे मेरी आँख खुली।

बाहर से किसी के धीरे-धीरे बोलने की आवाज़ आ रही थी।

मैंने खिड़की से झाँका।

हॉस्टल के बरामदे में अमित अकेला खड़ा था।

फोन कान पर था।

उसकी आवाज़ बहुत धीमी थी।

लेकिन रात की ख़ामोशी में कुछ शब्द साफ़ सुनाई दे रहे थे।

"...मैं पैसे भेज दूँगा..."

"...अभी नहीं हो पाएगा..."

"...पापा को मत बताइए..."

"...मैं संभाल लूँगा..."

कुछ सेकंड बाद...

उसने फोन काट दिया।

फिर दोनों हाथों से चेहरा ढक लिया।

वह रो नहीं रहा था।

लेकिन ऐसा लग रहा था...

जैसे रोने से खुद को रोक रहा हो।

मैं बाहर जाने ही वाला था...

तभी दीपक ने धीरे से मेरा हाथ पकड़ लिया।

"मत जा।"

"क्यों?"

"अभी उसे दोस्त नहीं...

अकेलापन चाहिए।"

"तुझे कैसे पता?"

दीपक ने बरामदे की तरफ़ देखते हुए कहा—

"क्योंकि कुछ दर्द ऐसे होते हैं...

जिनमें साथ खड़ा इंसान भी बोझ लगने लगता है।"

मैं वहीं रुक गया।

उस रात पहली बार मुझे एहसास हुआ...

हम चारों हर समय साथ रहते थे।

लेकिन...

हम चारों अपनी-अपनी लड़ाइयाँ अकेले लड़ रहे थे।

अगली सुबह...

अमित ऐसे मिला...

जैसे पिछली रात कुछ हुआ ही न हो।

वही मुस्कान।

वही मज़ाक।

वही शरारत।

कबीर उसके पीछे भाग रहा था।

मैं उसे देख रहा था।

और मेरे मन में सिर्फ़ एक सवाल था—

आख़िर ऐसा कौन-सा दर्द था...

जिसे अमित अपने सबसे अच्छे दोस्तों से भी छुपा रहा था?

6

कुछ दर्द आवाज़ नहीं करते

“हर मुस्कुराता हुआ इंसान खुश नहीं होता।कुछ लोग इसलिए हँसते हैं, ताकि कोई उनके आँसू न देख सके।”

उस रात के बाद मैं अमित को पहले की तरह नहीं देख पा रहा था।

उसकी हर हँसी मुझे अधूरी लगने लगी थी।

हर मज़ाक के पीछे जैसे कोई अनकही बात छिपी रहती।

लेकिन मैंने उससे कुछ नहीं पूछा।

क्योंकि दोस्ती का मतलब सिर्फ़ सवाल पूछना नहीं होता...

कभी-कभी इंतज़ार करना भी होता है।

अक्टूबर की हल्की ठंड शुरू हो चुकी थी।

कॉलेज का वार्षिक खेल सप्ताह आने वाला था।

पूरा कैंपस अलग ही उत्साह में था।

कहीं क्रिकेट की प्रैक्टिस चल रही थी।

कहीं वॉलीबॉल।

कहीं डांस की तैयारी।

और इन सबके बीच...

हम चारों हमेशा की तरह कैंटीन में बैठे थे।

“इस बार क्रिकेट खेलेंगे।”

कबीर ने घोषणा की।

मैंने उसकी तरफ़ देखा।

“तू?”

“हाँ।”

“तुझे बैट पकड़ना आता है?”

“नहीं।”

“फिर?”

“सीख लूँगा।”

अमित हँस पड़ा।

“भाई, तू पहले गेंद से डरना छोड़।”

“मैं गेंद से नहीं डरता।”

“पिछली बार टेनिस बॉल देखकर भागा कौन था?”

पूरा कैंटीन हमारी हँसी सुन रहा था।

दोपहर में टीम का चयन हो रहा था।

कबीर पहली ही गेंद पर बोल्ड हो गया।

पूरा मैदान हँसी से गूँज उठा।

वह खुद भी हँस रहा था।

"मैं तो बस विकेट की मजबूती जाँच रहा था।"

अमित ने बैट उठाया।

पहली गेंद...

सीधा चौका।

दूसरी...

फिर चौका।

तीसरी...

छक्का।

सब तालियाँ बजाने लगे।

मैं दूर खड़ा उसे देख रहा था।

उस पल ऐसा लग रहा था...

जैसे दुनिया में कोई चिंता ही नहीं है।

लेकिन तभी...

उसका फोन फिर बजा।

"घर"

इस बार उसने बिना देखे फोन साइलेंट कर दिया।

बैट ज़मीन पर रखा।

और मैदान से बाहर चला गया।

मैं भी उसके पीछे चला।

वह कॉलेज के पुराने बरगद के पेड़ के नीचे खड़ा था।

फोन अब भी बज रहा था।

लेकिन वह उठा नहीं रहा था।

मैं उसके पास जाकर खड़ा हो गया।

कुछ मिनट तक हम दोनों चुप रहे।

फिर मैंने कहा—

“अगर नहीं बताना चाहता...

तो मत बता।”

वह मेरी तरफ़ देखने लगा।

मैंने आगे कहा—

“लेकिन अकेले मत लड़।”

उसने हल्की-सी मुस्कान दी।

“तुझे लगता है मैं बहुत मज़बूत हूँ?”

मैंने सिर हिलाया।

“नहीं।”

“फिर?”

“मुझे लगता है...

तू बहुत थक गया है।”

उसने पहली बार नज़रें झुका लीं।

काफ़ी देर तक कुछ नहीं बोला।

फिर धीमे से पूछा—

“अगर एक दिन मैं अचानक चला जाऊँ...

तो?”

मैं चौंक गया।

“कहाँ?”

“बस...

कहीं भी।”

मैंने बिना एक पल सोचे कहा—

“जहाँ जाएगा....

खींचकर वापस ले आऊँगा।”

वह हँसा।

लेकिन इस बार उसकी आँखें भीग चुकी थीं।

“पागल है तू।”

“हाँ।

और तू मेरा दोस्त है।”

कुछ रिश्तों में “आई लव यू” कहने की ज़रूरत नहीं होती।

“तू मेरा दोस्त है”...

कई बार वही सबसे बड़ा इज़हार होता है।

शाम को हम चारों हॉस्टल की छत पर बैठे थे।

बिजली चली गई थी।

पूरा आसमान तारों से भरा था।

कबीर ने अचानक पूछा—

“चलो एक खेल खेलते हैं।”

“क्या?”

“हर आदमी अपनी ज़िंदगी का सबसे बड़ा डर बताएगा।”

दीपक बोला—

“शुरू तू कर।”

कबीर ने बिना सोचे कहा—

“गरीबी।”

हम सब चुप हो गए।

उसने पहली बार मज़ाक नहीं किया था।

“मैंने बचपन में माँ को पैसे गिनते हुए रोते देखा है...

दोबारा वैसा दिन नहीं देखना चाहता।”

कुछ पल तक किसी ने कुछ नहीं कहा।

अब मेरी बारी थी।

मैंने आसमान की तरफ़ देखते हुए कहा—

“मुझे डर है...

कि जिन लोगों से मैं सबसे ज़्यादा प्यार करता हूँ...

एक दिन वही मुझसे दूर हो जाएँगे।”

अमित ने मेरी तरफ़ देखा।

बहुत देर तक।

जैसे वह कुछ कहना चाहता हो।

लेकिन कह नहीं पा रहा हो।

और फिर...

धीरे से बोला—

“ऐसा कभी नहीं होगा।”

उसकी आवाज़ में भरोसा था।

या शायद...

एक ऐसी दुआ...

जिसे वह खुद भी सच होते देखना चाहता था।

उस रात हम चारों ने एक-दूसरे से वादा किया—

“जो भी हो जाए...हम कभी एक-दूसरे का साथ नहीं छोड़ेंगे।”

हमें नहीं पता था...

ज़िंदगी अक्सर वही वादे सबसे पहले आज़माती है...

"कुछ रिश्ते शब्दों से नहीं चलते...बस एक-दूसरे की ख़ामोशी सुनने की आदत से चलते हैं।"

उस रात छत पर की गई बातें किसी ने दोबारा नहीं दोहराईं।

लेकिन कुछ बातें ऐसी होती हैं...

जो कानों से उतरकर सीधे दिल में जगह बना लेती हैं।

हम चारों देर तक आसमान देखते रहे।

हवा ठंडी थी।

दूर किसी मंदिर की घंटी सुनाई दे रही थी।

और पहली बार...

हम चारों बिना कुछ बोले भी साथ थे।

अगले दिन रविवार था।

कॉलेज बंद था।

हॉस्टल में अजीब-सी शांति थी।

कबीर सुबह-सुबह ही मेरे कमरे में घुस आया।

“चल।”

मैंने आँखें मलते हुए पूछा—

“कहाँ?”

“बाज़ार।”

“क्यों?”

“क्योंकि अगर आज नहीं गए, तो पूरे हफ्ते मैगी भी उधार मिलेगी।”

मैं हँस पड़ा।

कुछ देर बाद अमित और दीपक भी तैयार हो गए।

चारों पैदल ही बाज़ार की तरफ़ निकल पड़े।

रास्ते भर कबीर अपनी पुरानी चप्पल को कोसता रहा।

“देख लेना... एक दिन सबसे पहले मैं जूते खरीदूँगा।”

अमित बोला—

“और कपड़े?”

“वो बाद में।

पहले जूते।

क्योंकि आदमी की औक़ात सबसे पहले उसके जूतों से देखी जाती है।”

दीपक धीरे से मुस्कुराया।

“नहीं...

आदमी की औक़ात इस बात से पता चलती है कि वह दूसरों को कितना छोटा महसूस कराता है।"

कबीर कुछ पल चुप रहा।

फिर बोला—

"यार...

तू हर बार मुझे सोचने पर मजबूर कर देता है।"

बाज़ार छोटा था।

सड़क के दोनों तरफ़ दुकानें थीं।

कहीं चाय की भाप उठ रही थी।

कहीं गरम समोसे तले जा रहे थे।

हम चारों एक ठेले के पास रुक गए।

कुल्फ़ी वाला आवाज़ लगा रहा था।

"दस रुपये वाली... पंद्रह रुपये वाली..."

कबीर ने जेब टटोली।

"भाई... आज सिर्फ़ दस रुपये वाली ही खानी पड़ेगी।"

अमित ने बिना कुछ कहे चार कुल्फ़ियाँ ले लीं।

कबीर ने पूछा—

"कितने हुए?"

“हो गए।”

“मतलब?”

“मैंने दे दिए।”

कबीर ने तुरंत पैसे निकालने चाहे।

अमित ने उसका हाथ पकड़ लिया।

“आज रहने दे।”

“नहीं भाई...”

“अरे...

दोस्तों के बीच हिसाब रखा जाता है क्या?”

कबीर कुछ नहीं बोला।

लेकिन उसकी आँखों में एक अलग-सी चमक थी।

शायद...

उसे पहली बार महसूस हुआ कि दोस्ती सिर्फ़ साथ हँसने का नाम नहीं होती।

वापसी में हम नदी के किनारे बने पुराने पुल पर बैठ गए।

नीचे पानी धीरे-धीरे बह रहा था।

हवा में मिट्टी की हल्की-सी खुशबू थी।

काफ़ी देर तक कोई कुछ नहीं बोला।

फिर अचानक अमित ने कहा—

"अगर एक दिन हम सब अलग-अलग शहरों में चले गए...

तो?"

मैंने तुरंत जवाब दिया—

"फोन करेंगे।"

कबीर बोला—

"वीडियो कॉल।"

दीपक मुस्कुराया।

"और अगर ज़िंदगी इतनी व्यस्त हो गई कि समय ही नहीं मिला?"

मैंने कहा—

"तो समय निकालेंगे।"

अमित ने सिर झुका लिया।

"हर कोई नहीं निकाल पाता।"

उसकी आवाज़ में एक ऐसा दर्द था...

जिसका रिश्ता भविष्य से कम और अतीत से ज़्यादा था।

कुछ देर बाद दीपक ने जेब से एक सिक्का निकाला।

"एक काम करते हैं।"

"क्या?"

"हम चारों एक-एक वादा करेंगे।"

कबीर हँस पड़ा।

"फिर शुरू हो गया फ़िलॉसफ़र।"

दीपक ने उसकी बात अनसुनी कर दी।

उसने सिक्का मेरी हथेली पर रख दिया।

"राघव... पहले तू।"

मैंने बिना सोचे कहा—

"मैं वादा करता हूँ...

अगर कभी हममें लड़ाई हुई...

तो मैं ख़ामोश होकर रिश्ता नहीं तोड़ूँगा।"

सिक्का अमित के हाथ में गया।

उसने कुछ पल सोचा।

फिर बोला—

"मैं वादा करता हूँ...

किसी भी परेशानी में तुम लोगों से झूठ नहीं बोलूँगा।"

कबीर ने हँसते हुए कहा—

"मैं वादा करता हूँ...

जब तक ज़िंदा हूँ, तुम लोगों को हँसाता रहूँगा।"

अब सबकी नज़र दीपक पर थी।

उसने दूर बहते पानी को देखते हुए कहा—

“मैं वादा करता हूँ...

अगर कभी हममें से कोई टूटने लगे...

तो बाकी तीन उसे गिरने नहीं देंगे।”

हम चारों ने एक-दूसरे की तरफ़ देखा।

फिर बिना कुछ कहे...

चारों हाथ एक साथ आगे बढ़े।

उस पल कोई तस्वीर नहीं खींची गई।

कोई वीडियो नहीं बना।

लेकिन वही पल...

हमारी ज़िंदगी की सबसे खूबसूरत यादों में से एक बन गया।

शाम होने लगी थी।

हम हॉस्टल लौट रहे थे।

रास्ते में अचानक अमित का फोन फिर बजा।

इस बार उसने फोन उठाया।

वह कुछ कदम हमसे दूर चला गया।

हम सिर्फ़ उसकी आवाज़ सुन पा रहे थे।

“जी माँ...”

“...हाँ, मैं ठीक हूँ...”

“...नहीं, पैसे की चिंता मत कीजिए...”

“...मैं संभाल लूँगा...”

फिर अचानक...

उसकी आवाज़ रुक गई।

चेहरा सफ़ेद पड़ गया।

उसने सिर्फ़ इतना कहा—

“क्या...?”

कुछ सेकंड की ख़ामोशी...

और फिर—

“मैं आज ही बात करता हूँ...”

फोन कट गया।

वह हमारी तरफ़ लौटा।

लेकिन इस बार उसके चेहरे की मुस्कान गायब थी।

कबीर ने पूछा—

“सब ठीक है?”

अमित ने हमेशा की तरह वही जवाब दिया—

“हाँ... सब ठीक है।”

लेकिन इस बार...

हम चारों समझ चुके थे—

सब ठीक नहीं था।

बस...

वह हमें अभी भी अपने दर्द का हिस्सा नहीं बनाना चाहता था।

और शायद...

यही उसकी सबसे बड़ी गलती बनने वाली थी।

7

हर सफ़र मंज़िल तक नहीं जाता

"कुछ यात्राएँ जगह बदलने के लिए नहीं होतीं...वे इंसान बदलने के लिए होती हैं।"

अक्टूबर की एक ठंडी सुबह...

कॉलेज के नोटिस बोर्ड के सामने असामान्य भीड़ थी।

हर कोई कुछ पढ़ने की कोशिश कर रहा था।

कबीर भीड़ को धक्का देते हुए आगे पहुँचा।

कुछ सेकंड बाद वह पूरी ताकत से चिल्लाया—

"ओए... हो गया!"

पूरा बरामदा उसकी आवाज़ से गूँज उठा।

मैं, अमित और दीपक भी आगे बढ़े।

नोटिस बोर्ड पर लिखा था—

"द्वितीय वर्ष के विद्यार्थियों के लिए दो दिवसीय शैक्षणिक भ्रमण।"

जगह—

राजगीर और नालंदा।

दो दिन।

एक रात।

कॉलेज के बाहर पहली आधिकारिक यात्रा।

कबीर तो वहीं उछल पड़ा।

"भाई... इस बार यादें बनाएँगे!"

अमित मुस्कुराया।

"और पैसे?"

कबीर का चेहरा उतर गया।

"यार... तू हर खुशी में अकाउंटेंट क्यों बन जाता है?"

मैं हँस पड़ा।

दीपक बोला—

"पहले घर से पूछ तो ले।"

कबीर ने सीना चौड़ा किया।

"इस बार चाहे जो हो...

जाऊँगा ज़रूर।"

अगले दो दिन पूरे कॉलेज में सिर्फ़ उसी ट्रिप की बातें थीं।

कौन किस बस में बैठेगा...

कौन क्या लेकर जाएगा...

कौन रात भर जागेगा...

और कौन खर्राटे मारेगा।

हम चारों ने तय किया—

"जो होगा...

साथ होगा।"

लेकिन उसी शाम...

मैंने पहली बार अमित को अकेले बैठा देखा।

वह हॉस्टल की छत पर था।

हाथ में वही पुराना फोन।

चेहरे पर वही चुप्पी।

मैं उसके पास जाकर बैठ गया।

"फॉर्म भर दिया?"

उसने सिर हिलाया।

"नहीं।"

"क्यों?"

"शायद नहीं जा पाऊँगा।"

"क्यों?"

वह कुछ देर चुप रहा।

फिर बोला—

"फीस जमा करनी है...

घर पर पहले ही बहुत खर्च है।"

मैंने पहली बार उसकी आवाज़ में मजबूरी सुनी।

मैंने बिना कुछ कहे जेब से अपना बटुआ निकाला।

उसने तुरंत मेरा हाथ रोक लिया।

"नहीं।"

"सुन तो।"

"राघव...

दोस्ती अपनी जगह है...

लेकिन एहसान मत कर।"

मैंने उसकी आँखों में देखते हुए कहा—

"अगर मैं तेरी जगह होता...

तो?"

वह चुप रहा।

"तू देता?"

उसने बिना एक पल सोचे कहा—

"हाँ।"

"तो फिर...

ये एहसान नहीं है।"

कुछ देर तक हवा ही बोलती रही।

फिर उसने धीरे से कहा—

"एक दिन लौटा दूँगा।"

मैं मुस्कुराया।

"अगर लौटाना ही है...

तो नौकरी लगने के बाद मुझे और कबीर को एक बढ़िया-सी दावत दे देना।"

वह पहली बार दिल से हँसा।

"पक्का।"

हम दोनों ने हाथ मिलाया।

उस पल मुझे नहीं पता था...

मैं पैसे नहीं दे रहा था।

मैं अपने दोस्त के आत्मसम्मान को बचाने की कोशिश कर रहा था।

और वह...

अपनी मजबूरी छुपाने की।

अगले दिन...

कॉलेज के मुख्य गेट पर चारों मिले।

कबीर ने जेब से चार टिकट जैसी पर्चियाँ निकालीं।

"लो...

अब कोई पीछे नहीं हटेगा।"

"ये क्या है?"

"ट्रिप की रसीद।"

मैंने अपनी रसीद ली।

फिर अमित की तरफ़ देखा।

उसने कुछ नहीं कहा।

बस हल्का-सा सिर झुका दिया।

वह "धन्यवाद" नहीं बोला।

और मुझे खुशी हुई।

क्योंकि कुछ रिश्तों में...

"धन्यवाद" शब्द छोटा पड़ जाता है।

ट्रिप वाले दिन सुबह पाँच बजे कॉलेज पहुँचना था।

लेकिन कबीर...

साढ़े चार बजे ही हॉस्टल का दरवाज़ा पीटने लगा।

"उठो... नहीं तो बस छोड़ देगी!"

मैंने गुस्से में दरवाज़ा खोला।

"अभी तो आधा घंटा है।"

"इसीलिए तो उठा रहा हूँ...

तू तो तैयार होने में इतिहास लिख देता है।"

पीछे से अमित की हँसी सुनाई दी।

दीपक ने जम्हाई लेते हुए कहा—

"अगर ट्रिप में भी तेरी बकवास सुननी है...

तो मैं यहीं वापस सो जाता हूँ।"

चारों हँसते हुए कॉलेज की तरफ़ चल पड़े।

सुबह की सड़कें लगभग खाली थीं।

हल्की ठंड थी।

आसमान में सूरज अभी निकला भी नहीं था।

उस सुबह...

हमें सिर्फ़ एक यात्रा दिखाई दे रही थी।

ज़िंदगी को...

कुछ और मंज़ूर था।

जब बस का इंजन स्टार्ट हुआ...

मैंने खिड़की से बाहर देखा।

कॉलेज का गेट धीरे-धीरे पीछे छूट रहा था।

मुझे नहीं पता क्यों...

लेकिन उस पल मेरे मन में एक अजीब-सा ख़याल आया—

"कुछ सफ़र इंसान को वापस वही नहीं लौटाते... जो वह लेकर गया था।"

मैंने उस ख़याल को झटक दिया।

काश...

मैंने उसे गंभीरता से लिया होता।

“यादें बनते समय कभी शोर नहीं करतीं...उनकी आवाज़ सालों बाद सुनाई देती है।”

बस धीरे-धीरे शहर की भीड़ से निकलकर खुले रास्तों पर आ चुकी थी।

खिड़की के बाहर धान के खेत हवा के साथ झूम रहे थे।

सुबह की धूप अब हल्की-हल्की तेज़ होने लगी थी।

बस के अंदर अलग ही माहौल था।

कोई गाने गा रहा था।

कोई ताश खेल रहा था।

पीछे की सीटों पर कबीर ने अपना “कॉमेडी शो” शुरू कर दिया था।

“अगर मैं कभी नेता बन गया...”

उसने ज़ोर से कहा।

पूरी बस उसकी तरफ़ देखने लगी।

“...तो सबसे पहला काम करूँगा—कॉलेज की सुबह नौ बजे वाली क्लास बंद!”

पूरी बस हँसी से गूँज उठी।

यहाँ तक कि प्रोफेसर भी मुस्कुरा दिए।

अमित ने ताली बजाई।

“और दूसरा काम?”

“दूसरा...”

कबीर ने नाटकीय अंदाज़ में कहा।

“कैंटीन की चाय फ्री!”

“तीसरा?”

“एग्ज़ाम सिर्फ़ उन्हीं का होगा जो देना चाहें।”

इस बार हँसी और ज़्यादा तेज़ थी।

मैं उन तीनों को देख रहा था।

कभी-कभी इंसान को बस इतना चाहिए होता है...

कुछ ऐसे लोग...

जिनके साथ हँसने के लिए किसी वजह की ज़रूरत न पड़े।

करीब दो घंटे बाद बस एक ढाबे पर रुकी।

सब नीचे उतर गए।

ठंडी हवा चल रही थी।

चाय की भाप और ताज़े पराठों की खुशबू पूरे माहौल में फैल गई थी।

हम चारों सड़क के किनारे खड़े होकर चाय पीने लगे।

तभी कबीर बोला—

“चलो, एक खेल खेलते हैं।”

मैं हँसा।

“तुझे हर जगह खेल ही खेलना है?”

“हाँ।”

“ठीक है, बता।”

“हर आदमी दूसरे तीन लोगों के बारे में एक ऐसी बात बताएगा...

जो उसने कभी सामने नहीं कही।”

सबने एक-दूसरे की तरफ़ देखा।

सबसे पहले दीपक बोला।

उसने कबीर की तरफ़ देखकर कहा—

“तू जितना दिखाता है...

उससे कहीं ज़्यादा ज़िम्मेदार है।”

कबीर पहली बार बिना मज़ाक किए मुस्कुराया।

फिर उसने मेरी तरफ़ देखा।

“राघव...

तू सबकी बातें सुन लेता है...

लेकिन अपनी कभी नहीं बताता।”

मेरे पास जवाब नहीं था।

अब मेरी बारी थी।

मैंने अमित की तरफ़ देखा।

“तू दुनिया का सबसे अच्छा झूठा है।”

वह चौंक गया।

“मतलब?”

“तू जब भी कहता है ‘मैं ठीक हूँ’...

मुझे सबसे ज़्यादा उसी बात पर शक होता है।”

कुछ पल की ख़ामोशी छा गई।

अमित ने नज़रें झुका लीं।

फिर हल्का-सा मुस्कुराया।

“शायद...”

बस इतना ही कहा।

शाम तक वे लोग राजगीर पहुँच चुके थे।

होटल बड़ा नहीं था, लेकिन साफ़-सुथरा था।

चारों को एक ही कमरे में ठहराया गया।

जैसे ही सामान रखा...

कबीर बिस्तर पर कूद गया।

“आज कोई जल्दी नहीं सोएगा।”

रात को खाना खाने के बाद सब होटल की छत पर चले गए।

नीचे पूरा शहर रोशनी से जगमगा रहा था।

दूर पहाड़ियों पर छोटे-छोटे बल्ब ऐसे लग रहे थे...

जैसे आसमान के तारे ज़मीन पर उतर आए हों।

कुछ देर तक चारों चुपचाप उस नज़ारे को देखते रहे।

फिर अमित ने जेब से एक छोटा-सा सिक्का निकाला।

"याद है?"

मैंने पहचान लिया।

वही सिक्का...

जिस पर हमने कुछ दिन पहले वादे किए थे।

उसने सिक्का मेरी हथेली पर रख दिया।

"इसे संभालकर रखना।"

"क्यों?"

"पता नहीं...

बस मन कर रहा है।"

मैंने हँसते हुए कहा—

"तू भी न..."

लेकिन मैंने सिक्का जेब में रख लिया।

उस समय वह सिर्फ़ एक साधारण सिक्का था।

हमें क्या पता था...

एक दिन यही सिक्का हमारी दोस्ती की आख़िरी निशानी बन जाएगा।

रात गहराने लगी।

सब सोने की तैयारी करने लगे।

लेकिन मेरी नींद नहीं आ रही थी।

मैं बालकनी में आकर खड़ा हो गया।

कुछ देर बाद दीपक भी आ गया।

“नींद नहीं आ रही?”

उसने पूछा।

“नहीं।”

“क्यों?”

मैंने धीरे से कहा—

“पता नहीं...

आज बहुत अच्छा दिन था।

और मुझे हमेशा डर लगता है...

जब ज़िंदगी अचानक बहुत अच्छी लगने लगे।”

दीपक कुछ पल चुप रहा।

फिर बोला—

“डर अच्छे दिनों से नहीं होना चाहिए...

उनके ख़त्म हो जाने के डर से होना चाहिए।"

मैंने उसकी तरफ़ देखा।

"तुझे कभी लगता है...

कि हम हमेशा ऐसे नहीं रहेंगे?"

उसने गहरी साँस ली।

"हर रिश्ता बदलता है, राघव।

सवाल यह नहीं कि बदलेगा या नहीं...

सवाल यह है कि बदलने के बाद भी क्या हम एक-दूसरे को पहचान पाएँगे।"

उसकी बात सुनकर मेरे भीतर एक अजीब-सी बेचैनी हुई।

लेकिन अगले ही पल कमरे के अंदर से कबीर की ज़ोरदार आवाज़ आई—

"अबे सो भी जाओ!

कल घूमने भी जाना है!"

हम दोनों हँस पड़े।

और कमरे में वापस आ गए।

हमें नहीं पता था...

उस सफ़र की सबसे खूबसूरत रात...

एक ऐसे सच से बस कुछ कदम दूर थी,

जो आने वाले वर्षों तक हम चारों की ज़िंदगी का पीछा करने वाला था.

8

हर बिछड़ना अचानक नहीं होता

“टूटने से पहले हर रिश्ता हमें कई बार बचाने की कोशिश करता है…बस हम उन इशारों को समझ नहीं पाते।”

राजगीर की सुबह…

पहाड़ों से उतरती हल्की धुंध पूरे शहर पर फैली हुई थी।

होटल की खिड़की से बाहर देखते हुए ऐसा लग रहा था जैसे बादल ज़मीन पर उतर आए हों।

कबीर सबसे पहले उठ चुका था।

या यूँ कहो…

वह उठा नहीं था, उसने पूरी दुनिया को जगा दिया था।

“उठो!”

उसकी आवाज़ पूरे कमरे में गूँज गई।

“अगर आज भी सोते रहे तो इतिहास देखकर वापस चले जाओगे!”

अमित ने तकिया उठाकर उसकी तरफ़ फेंका।

“इतिहास भाग नहीं रहा।”

“लेकिन नाश्ता भाग जाएगा।”

हम सब हँस पड़े।

नाश्ते के बाद पूरी क्लास नालंदा विश्वविद्यालय के प्राचीन अवशेष देखने पहुँची।

लाल ईंटों की ऊँची-ऊँची दीवारें...

टूटे हुए गलियारे...

सदियों की ख़ामोशी...

ऐसा लग रहा था जैसे हर पत्थर अपने भीतर कोई कहानी छिपाए बैठा हो।

प्रोफेसर इतिहास बता रहे थे।

लेकिन मेरा ध्यान कहीं और था।

मैं उन दीवारों को देख रहा था।

सोच रहा था—

क्या रिश्ते भी ऐसे ही होते हैं**?**

पहले मज़बूत...

फिर समय उन्हें थोड़ा-थोड़ा तोड़ देता है।

और एक दिन...

बस निशान बचते हैं।

“राघव!”

मैंने पीछे मुड़कर देखा।

अमित मुस्कुरा रहा था।

"फिर से सोचने लगा?"

मैंने भी मुस्कुराकर कहा—

"हाँ।"

"इतना मत सोचा कर।

ज़िंदगी को जी भी लिया कर।"

मैं कुछ बोल पाता...

उससे पहले कबीर कैमरा लेकर दौड़ता हुआ आया।

"चलो!

ग्रुप फोटो!"

हम चारों एक टूटी हुई दीवार के सामने खड़े हो गए।

कबीर बीच में।

मैं और अमित दोनों तरफ़।

दीपक सबसे पीछे।

कैमरे का टाइमर चालू हुआ।

आख़िरी सेकंड में कबीर ने दोनों हाथ हमारे कंधों पर रख दिए।

क्लिक।

वह तस्वीर...

बाद में हम चारों की साथ वाली आख़िरी तस्वीर निकली।

दोपहर तक सब लोग अलग-अलग घूमने लगे।

किसी को मंदिर देखना था।

किसी को बाज़ार।

हम चारों बिना किसी योजना के पैदल ही निकल पड़े।

रास्ते में एक बूढ़ा आदमी पत्थर पर बैठा बाँसुरी बजा रहा था।

धुन बहुत धीमी थी...

लेकिन अजीब तरह से दिल में उतर रही थी।

अमित वहीं रुक गया।

काफ़ी देर तक सुनता रहा।

फिर अपनी जेब से बीस रुपये निकालकर बूढ़े के हाथ में रख दिए।

बूढ़ा मुस्कुराया।

और बोला—

“बेटा...

रिश्तों को पैसे से नहीं...

वक़्त से सींचना।”

हम आगे बढ़ गए।

कबीर हँसते हुए बोला—

“बाबा ने आज ज्ञान मुफ्त में दे दिया।”

लेकिन मैंने देखा...

अमित पीछे मुड़कर उस बूढ़े को एक बार फिर देख रहा था।

जैसे...

उस एक वाक्य ने उसके भीतर कुछ छू लिया हो।

शाम को होटल लौटते समय बारिश शुरू हो गई।

तेज़ नहीं...

बस उतनी कि सड़क चमकने लगे।

हम चारों बिना छतरी के भीगते हुए चल रहे थे।

कबीर गाना गा रहा था।

अमित बीच-बीच में सुर बिगाड़कर उसे चिढ़ा रहा था।

मैं हँस रहा था।

दीपक बस हम तीनों को देख रहा था।

अचानक उसने कहा—

"रुको।"

हम सब रुक गए।

"क्या हुआ?"

उसने सामने की सड़क की ओर इशारा किया।

बारिश के पानी में...

चारों की परछाइयाँ एक साथ दिखाई दे रही थीं।

दीपक ने धीरे से कहा—

"एक फोटो और।"

मैंने मोबाइल निकाला।

लेकिन उसने सिर हिला दिया।

"नहीं...

इसे कैमरे में नहीं।

दिमाग़ में रखो।"

हम चारों कुछ सेकंड तक चुपचाप अपनी परछाइयों को देखते रहे।

उस समय यह बस एक खूबसूरत पल था।

सालों बाद...

यही याद सबसे ज़्यादा चुभने वाली थी।

रात को होटल लौटकर जब सब अपने-अपने कमरे में पहुँचे...

तभी अमित का फोन फिर बजा।

इस बार उसने स्क्रीन देखते ही चेहरा फेर लिया।

मैंने पहली बार उसकी आँखों में डर देखा।

वह धीरे से कमरे से बाहर चला गया।

दरवाज़ा बंद हो गया।

कमरे में सिर्फ़ मैं, कबीर और दीपक बचे थे।

तीनों चुप थे।

और हममें से किसी को अंदाज़ा नहीं था...

कि उस दरवाज़े के बाहर...

एक ऐसी खबर उसका इंतज़ार कर रही थी,

जो आने वाले दिनों में हमारी दोस्ती की सबसे कठिन परीक्षा बनने वाली थी।

"ज़िंदगी हमेशा पहले इशारे देती है...हादसे बाद में होते हैं।"

कमरे का दरवाज़ा बंद होते ही एक अजीब-सी ख़ामोशी फैल गई।

कबीर ने बिस्तर पर लेटते हुए कहा—

"यार... आज बहुत घूम लिए।"

मैंने कोई जवाब नहीं दिया।

मेरा ध्यान दरवाज़े पर था।

अमित को बाहर गए दस मिनट हो चुके थे।

फिर पंद्रह...

फिर बीस।

"इतनी देर?"

मैंने धीरे से कहा।

दीपक खिड़की के पास खड़ा बाहर देख रहा था।

उसने बिना मेरी तरफ़ देखे कहा—

“कभी-कभी एक फोन...

पूरी ज़िंदगी बदल देता है।”

उसकी बात सुनकर दिल जाने क्यों घबरा उठा।

मैं कमरे से बाहर निकल आया।

होटल के पीछे एक छोटा-सा खुला बरामदा था।

बारिश अब रुक चुकी थी।

फर्श पर पानी की बूंदें अब भी चमक रही थीं।

दूर अँधेरे में कोई खड़ा था।

वह अमित था।

फोन उसके हाथ में था।

चेहरा झुका हुआ।

मैं धीरे-धीरे उसके पास पहुँचा।

उसने मेरी आहट सुनी...

लेकिन मुड़ा नहीं।

“अमित ...”

उसने कोई जवाब नहीं दिया।

मैं उसके बिल्कुल पास जाकर खड़ा हो गया।

कुछ पल तक सिर्फ़ हवा चलती रही।

फिर उसने बहुत धीमी आवाज़ में पूछा—

“राघव...”

“हाँ?”

“अगर किसी दिन...

घर और सपनों में से एक चुनना पड़े...

तो क्या चुनेगा?”

मैंने बिना सोचे कहा—

“घर।”

वह हल्का-सा मुस्कुराया।

“मैं भी यही सोचता था।”

उसकी आवाज़ टूट रही थी।

“क्या हुआ है?”

इस बार उसने मना नहीं किया।

बस धीरे-धीरे बोलना शुरू किया।

“पापा पिछले छह महीने से बीमार हैं।”

मेरे कदम वहीं रुक गए।

“उन्होंने कभी मुझे बताया नहीं।”

“फिर?”

“माँ छिपाती रहीं...

कहती रहीं कि पढ़ाई पर ध्यान दे।”

उसने जेब से एक पुरानी दवा की पर्ची निकाली।

बारिश की नमी से उसका कागज़ थोड़ा भीग चुका था।

“आज डॉक्टर ने कहा है...

इलाज लंबा चलेगा।”

मैंने उसकी तरफ़ देखा।

वह पहली बार मुझे अपने दोस्त की तरह नहीं...

एक थके हुए बेटे की तरह दिख रहा था।

“मैं क्या करूँ, राघव?”

उसकी आवाज़ भर्रा गई।

“घर वाले चाहते हैं कि पढ़ाई पूरी करूँ।

दिल कहता है कि वापस चला जाऊँ।”

मेरे पास कोई जवाब नहीं था।

कुछ सवालों के जवाब किताबों में नहीं मिलते।

और दोस्त...

हर दर्द का इलाज भी नहीं होते।

मैंने सिर्फ़ उसका कंधा पकड़ लिया।

“तू अकेला नहीं है।”

बस इतना ही कहा।

और शायद...

उस समय उसे यही सुनने की ज़रूरत थी।

रात काफ़ी हो चुकी थी।

हम दोनों कमरे में लौटे।

कबीर सोने का नाटक कर रहा था।

जैसे ही हम अंदर आए, उसने आँखें खोलीं।

“सब ठीक?”

अमित ने हमेशा की तरह कहा—

“हाँ।”

कबीर उठकर बैठ गया।

इस बार उसने मुस्कुराने की कोशिश भी नहीं की।

वह सीधे अमित के पास आया...

और बिना कुछ कहे उसे गले लगा लिया।

कमरे में कोई शब्द नहीं थे।

सिर्फ़ चार दोस्तों की साँसें थीं...

जो एक-दूसरे का बोझ बाँटने की कोशिश कर रही थीं।

दीपक ने धीरे से कहा—

"याद है...

हमने एक वादा किया था?"

अमित ने उसकी तरफ़ देखा।

"कौन-सा?"

"अगर हममें से कोई टूटने लगे...

तो बाकी तीन उसे गिरने नहीं देंगे।"

कुछ पल तक कोई कुछ नहीं बोला।

फिर अमित ने पहली बार बिना मुस्कुराए कहा—

"शायद...

अब मुझे सच में तुम लोगों की ज़रूरत है।"

उस रात...

चारों ने बहुत देर तक कोई बात नहीं की।

लेकिन उस ख़ामोशी में...

दोस्ती पहले से कहीं ज़्यादा मज़बूत हो गई थी।

हमें यह नहीं पता था...

कि ज़िंदगी कभी-कभी रिश्तों को मज़बूत इसलिए बनाती है,

ताकि उन्हें तोड़ने का दर्द और गहरा हो सके।

9

हर ख़ामोशी का एक कारण होता है

“रिश्ते एक दिन में नहीं बदलते…पहले आदतें बदलती हैं, फिर दूरियाँ।”

राजगीर से लौटने के बाद कॉलेज वही था।

वही क्लासरूम।

वही कैंटीन।

वही हॉस्टल।

लेकिन हम चारों में कुछ बदल चुका था।

शायद बाहर से नहीं…

अंदर से।

सोमवार की सुबह।

कॉलेज की घंटी बज चुकी थी।

कबीर हमेशा की तरह भागता हुआ क्लास में घुसा।

“बच गए!”

मैंने पूछा—

"किससे?"

"अटेंडेंस से।"

पूरी क्लास हँस पड़ी।

कुछ देर बाद अमित भी आया।

लेकिन आज पहली बार...

वह सबसे पीछे वाली बेंच पर जाकर बैठ गया।

मैंने इशारे से बुलाया।

उसने हल्की-सी मुस्कान दी...

और सिर हिलाकर मना कर दिया।

इतनी-सी बात थी।

लेकिन पता नहीं क्यों...

दिल को चुभ गई।

लंच ब्रेक में हम तीनों हमेशा की तरह कैंटीन पहुँचे।

कबीर ने चार चाय मँगवा दी।

"अमित कहाँ है?"

मैंने फोन मिलाया।

रिंग गई।

लेकिन उसने उठाया नहीं।

दस मिनट बाद उसका मैसेज आया—

“भूख नहीं है। तुम लोग खा लो।”

मैंने स्क्रीन कुछ देर तक देखी।

दीपक ने मेरी तरफ़ देखा।

“पढ़ लिया?”

“हाँ।”

“क्या लिखा है?”

मैंने मोबाइल उसकी तरफ़ बढ़ा दिया।

वह कुछ पल तक मैसेज देखता रहा।

फिर बोला—

“ये सिर्फ़ भूख न लगने की बात नहीं है।”

“फिर?”

“जब इंसान सबसे ज़्यादा टूटता है...

तो सबसे पहले लोगों से दूर होना शुरू करता है।”

उस शाम हॉस्टल में भी अमित अपने कमरे में ही रहा।

कबीर ने दरवाज़ा खटखटाया।

“चल मैदान चलते हैं।”

“मन नहीं है।”

“चल चाय पीते हैं।”

“बाद में।”

“चल फिल्म देखते हैं।”

अंदर से सिर्फ़ एक जवाब आया—

“आज नहीं।”

कबीर धीरे-धीरे वापस आ गया।

उसने पहली बार बिना मुस्कुराए कहा—

“यार...

मुझे अच्छा नहीं लग रहा।”

मैंने उसके कंधे पर हाथ रखा।

“मुझे भी।”

रात को करीब ग्यारह बजे...

मैं पानी लेने नीचे गया।

कॉरिडोर में हल्की-सी रोशनी थी।

अमित सीढ़ियों पर अकेला बैठा था।

हाथ में वही पुरानी डायरी थी...

जो मैंने पहले कभी उसके पास नहीं देखी थी।

मैं चुपचाप उसके पास जाकर बैठ गया।

उसने डायरी बंद कर दी।

“क्या लिख रहा था?”

मैंने पूछा।

वह मुस्कुराया।

“कुछ नहीं।”

मैं हँस पड़ा।

“ये बीमारी तुझे भी लग गई?”

“कौन-सी?”

“सब कुछ ‘कुछ नहीं’ कहने वाली।”

इस बार वह भी हँसा।

लेकिन बहुत हल्का।

जैसे मुस्कुराने में भी मेहनत लग रही हो।

कुछ देर तक हम दोनों सीढ़ियों पर बैठे रहे।

फिर उसने अचानक पूछा—

“राघव...

तुझे कभी ऐसा लगा है कि तू बहुत लोगों के बीच होकर भी अकेला है?”

मैंने उसकी तरफ़ देखा।

“हाँ।”

“कब?”

“जब पापा के जाने के बाद घर में सब थे...

लेकिन मैं किसी से रो नहीं पाया।”

वह चुप हो गया।

फिर धीरे से बोला—

“शायद...

मैं भी वहीं हूँ।”

मैंने पहली बार उसकी आँखों में वह दर्द देखा...

जो शब्दों से बाहर नहीं आता।

मैंने उससे कहा—

“चल, कल कहीं बाहर चलते हैं।”

“कहाँ?”

“कहीं भी।

बस कॉलेज से दूर।”

वह कुछ पल सोचता रहा।

फिर बोला—

“ठीक है।

कल शाम।”

मुझे लगा...

शायद यही मौका है।

शायद वह पहली बार अपना सच बताएगा।

मुझे नहीं पता था...

कि अगले चौबीस घंटे हमारी दोस्ती की दिशा बदलने वाले थे।

और सबसे अजीब बात...

उस बदलाव की शुरुआत किसी बड़ी घटना से नहीं,

बल्कि एक छोटे-से गुम हुए लिफ़ाफ़े से होने वाली थी...

"ज़िंदगी में सबसे खतरनाक झूठ वह होता है...जो कोई बोलता नहीं, लेकिन सब मान लेते हैं।"

अगले दिन पूरे कॉलेज में सामान्य चहल-पहल थी।

क्लासें चल रही थीं।

कैंटीन में वही भीड़ थी।

लेकिन मेरा ध्यान बार-बार घड़ी पर जा रहा था।

शाम के पाँच बजने वाले थे।

मैंने अमित से वादा किया था कि आज हम दोनों कॉलेज से बाहर चाय पीने जाएँगे।

चार बजकर पचपन मिनट।

मैं पुराने बरगद के पेड़ के नीचे पहुँच गया।

वहीं...

जहाँ हम अक्सर क्लास खत्म होने के बाद बैठा करते थे।

पाँच बजे।

अमित नहीं आया।

पाँच बजकर दस मिनट।

अब भी नहीं।

मैंने फोन मिलाया।

घंटी गई...

लेकिन किसी ने उठाया नहीं।

उसी समय कबीर दौड़ता हुआ आया।

"राघव!"

"क्या हुआ?"

"तू यहाँ है? मैं तुझे पूरे कॉलेज में ढूँढ़ रहा था।"

"क्यों?"

"ऑफिस से बुलावा आया है।"

"मुझे?"

"हाँ।"

कॉलेज कार्यालय में पहुँचते ही क्लर्क ने पूछा—

"तुम राघव हो?"

"जी।"

उन्होंने मेज़ पर रखा एक भूरा लिफ़ाफ़ा मेरी तरफ़ बढ़ाया।

"यह किसी ने तुम्हारे लिए छोड़ा था।"

मैंने लिफ़ाफ़ा हाथ में लिया।

उस पर सिर्फ़ मेरा नाम लिखा था।

"राघव"

कोई भेजने वाले का नाम नहीं।

मैंने खोलने की कोशिश की।

लेकिन उसी समय पीछे से आवाज़ आई—

"राघव!"

मैंने मुड़कर देखा।

दीपक था।

"प्रिंसिपल सर बुला रहे हैं।"

मैंने जल्दी से लिफ़ाफ़ा अपने बैग में रख दिया।

"अभी आता हूँ।"

करीब बीस मिनट बाद मैं वापस लौटा।

बैग खोला।

लिफ़ाफ़ा...

गायब था।

पहले मुझे लगा शायद दूसरी जेब में रखा होगा।

मैंने पूरा बैग खाली कर दिया।

किताबें...

कॉपी...

डायरी...

पेन...

सब बाहर था।

लेकिन लिफ़ाफ़ा नहीं।

दिल की धड़कन अचानक तेज़ हो गई।

"अभी तो यहीं रखा था..."

मैं बुदबुदाया।

मैं भागकर वापस कार्यालय पहुँचा।

"सर...

यहाँ कोई आया था?"

क्लर्क ने सिर हिलाया।

"बहुत लोग आते-जाते रहे।"

"मेरे बैग को किसी ने..."

उन्होंने बात काट दी।

"बेटा, हमने ध्यान नहीं दिया।"

मैं बाहर निकल आया।

पहली बार एक अजीब-सी बेचैनी हुई।

पता नहीं क्यों...

मुझे लग रहा था कि उस लिफ़ाफ़े में कुछ बहुत ज़रूरी था।

शाम को हॉस्टल पहुँचा तो कबीर कमरे में बैठा था।

"क्या हुआ?"

उसने पूछा।

मैंने पूरी बात बता दी।

वह कुछ देर सोचता रहा।

फिर बोला—

"शायद कहीं गिर गया होगा।"

"नहीं।

मैंने खुद रखा था।"

उसी समय अमित कमरे में आया।

उसने हमारी तरफ़ देखा।

"क्या बात हो रही है?"

मैंने लिफ़ाफ़े वाली बात उसे भी बता दी।

वह कुछ सेकंड तक बिल्कुल चुप रहा।

फिर पूछा—

"उस पर सिर्फ़ तेरा नाम था?"

"हाँ।"

"और कुछ नहीं?"

"नहीं।"

उसने धीरे से "हम्म..." कहा।

बस इतना।

रात को करीब बारह बजे...

मेरी आँख खुल गई।

पानी पीने के लिए बाहर निकला।

कॉरिडोर में हल्की रोशनी थी।

सामने वाले कमरे का दरवाज़ा आधा खुला था।

अंदर से धीमी आवाज़ें आ रही थीं।

मैं अनजाने में रुक गया।

वह कबीर और दीपक की आवाज़ थी।

कबीर कह रहा था—

“अगर उसे अभी पता चल गया...

तो सब बिगड़ जाएगा।”

कुछ सेकंड की ख़ामोशी।

फिर दीपक की आवाज़ आई—

“सही समय आने तक...

उसे कुछ मत बताना।”

मेरा दिल ज़ोर से धड़कने लगा।

किस बात का पता?

क्या छिपाया जा रहा था?

मैं दरवाज़े तक जाने ही वाला था...

कि पीछे से किसी ने मेरे कंधे पर हाथ रख दिया।

मैं घबराकर पलटा।

वह अमित था।

उसने धीरे से पूछा—

“सोया नहीं अभी तक?”

मैंने उसकी आँखों में देखा।

पहली बार...

मुझे अपने ही दोस्तों के बीच...

एक अनजाना-सा डर महसूस हुआ।

और उसी पल...

मेरे मन में एक ऐसा शक पैदा हुआ,

जिसे मैं लाख कोशिश करके भी आने वाले महीनों तक मिटा नहीं पाया।

10

हर सच दिखाई नहीं देता

"रिश्ते झूठ से कम... अधूरे सच से ज़्यादा टूटते हैं।"

उस रात के बाद...

मैंने किसी से उस बातचीत का ज़िक्र नहीं किया।

न कबीर से।

न दीपक से।

और न ही अमित से।

लेकिन सच यह था...

अब मैं हर बात को पहले से अलग नज़र से देखने लगा था।

शायद शक की यही सबसे बड़ी ख़ासियत होती है।

वह सामने वाले को नहीं...

आपकी नज़रों को बदल देता है।

अगली सुबह क्लास में प्रोफेसर पढ़ा रहे थे।

पूरी क्लास नोट्स बना रही थी।

लेकिन मेरा ध्यान बार-बार अमित पर जा रहा था।

वह खिड़की के बाहर देख रहा था।

कॉपी खुली थी...

लेकिन एक शब्द भी नहीं लिखा था।

क्लास खत्म होने के बाद मैं उसके पास गया।

"चल, कैंटीन चलते हैं।"

उसने मुस्कुराकर कहा—

"तू चल...

मैं पाँच मिनट में आता हूँ।"

"पक्का?"

"हाँ।"

मैं बाहर आ गया।

पाँच मिनट बीते।

दस मिनट।

पंद्रह मिनट।

वह नहीं आया।

जब मैं उसे ढूँढ़ते हुए लाइब्रेरी के पीछे पहुँचा...

वह वहाँ अकेला बैठा था।

हाथ में वही पुरानी डायरी थी।

इस बार उसने मुझे देखकर डायरी छिपाई नहीं।

बस बंद कर दी।

मैं उसके पास बैठ गया।

"क्या लिखता है इसमें?"

मैंने फिर पूछा।

कुछ पल चुप रहने के बाद उसने डायरी मेरी तरफ़ बढ़ा दी।

"पढ़।"

मैंने धीरे से पहला पन्ना खोला।

उस पर सिर्फ़ एक पंक्ति लिखी थी—

"कुछ लोग अपने सपनों की कीमत पैसे से चुकाते हैं... और कुछ रिश्तों से।"

बस।

पूरे पन्ने पर सिर्फ़ यही एक वाक्य।

मैंने उसकी तरफ़ देखा।

"इसका मतलब?"

अमित ने हल्की-सी मुस्कान दी।

"जब समझ आएगा...

तब शायद बहुत देर हो चुकी होगी।"

शाम को हॉस्टल लौटते समय...

कॉलेज के मुख्य गेट पर एक काली कार आकर रुकी।

उसमें से लगभग पचास साल का एक आदमी उतरा।

साफ़-सुथरे कपड़े।

थका हुआ चेहरा।

वह सीधे चौकीदार के पास गया और धीमी आवाज़ में कुछ पूछने लगा।

थोड़ी देर बाद चौकीदार ने दूर खड़े अमित की तरफ़ इशारा कर दिया।

मैंने देखा...

अमित का चेहरा एकदम उतर गया।

वह बिना कुछ कहे उस आदमी के साथ कॉलेज के बाहर चला गया।

मैं दूर से उन्हें देखता रहा।

करीब बीस मिनट बाद अमित वापस लौटा।

लेकिन इस बार...

उसकी चाल बदल चुकी थी।

जैसे कंधों पर अचानक बहुत बड़ा बोझ रख दिया गया हो।

मैं उसके पास गया।

"कौन थे?"

उसने मेरी आँखों में देखा।

कुछ कहने की कोशिश की...

फिर सिर्फ़ इतना बोला—

“कोई नहीं।”

और आगे बढ़ गया।

रात को कबीर ने पढ़ाई छोड़कर अचानक कहा—

“यार...

हम चारों बदल रहे हैं।”

कमरे में सन्नाटा छा गया।

“क्यों?”

मैंने पूछा।

“पहले हम बिना पूछे एक-दूसरे की बातें जान जाते थे।

अब...

सब अपनी-अपनी बातें छिपाने लगे हैं।”

दीपक ने किताब बंद कर दी।

उसने पहली बार बहुत सामान्य आवाज़ में कहा—

“शायद यही बड़े होने की शुरुआत होती है।”

कबीर ने सिर हिलाया।

“नहीं।

बड़ा होना अलग बात है...

अकेला हो जाना अलग।”

उसकी बात सुनकर...

मेरी नज़र अपने-आप अमित के खाली बिस्तर पर चली गई।

वह अभी तक कमरे में नहीं लौटा था।

और उसी पल...

मेरे मन में पहली बार एक ख़याल आया—

अगर हम उसे खो रहे हैं...

तो क्या हमें इसका एहसास बहुत देर से हो रहा है**?**

कमरे के बाहर हवा चल रही थी।

खिड़की हल्के-हल्के हिल रही थी।

और मुझे बिल्कुल अंदाज़ा नहीं था...

कि अगले दिन जो होने वाला था,

वह सिर्फ़ अमित की ज़िंदगी नहीं...

हम चारों की दोस्ती की दिशा बदल देगा।

“कई बार हमारी ज़िंदगी किसी एक बड़े फैसले से नहीं...बल्कि उन बातों से बदलती है, जिन्हें हम उस समय मामूली समझकर छोड़ देते हैं।”

अगली सुबह हॉस्टल का माहौल हमेशा जैसा ही था।

किसी कमरे में गाने बज रहे थे।

कहीं परीक्षा की तैयारी चल रही थी।

कहीं कोई अभी भी सो रहा था।

लेकिन हमारे कमरे में पहली बार अजीब-सी ख़ामोशी थी।

अमित सबसे पहले उठ चुका था।

बिस्तर बिल्कुल सलीके से लगा हुआ था।

टेबल पर किताबें भी करीने से रखी थीं।

बस...

वह खुद कमरे में नहीं था।

"इतनी सुबह कहाँ चला गया?"

कबीर ने जम्हाई लेते हुए पूछा।

मैंने कंधे उचका दिए।

"पता नहीं।"

क्लास शुरू होने से पहले वह आया।

चेहरे पर थकान साफ़ दिखाई दे रही थी।

आँखें लाल थीं, जैसे रातभर सोया न हो।

कबीर ने मज़ाक करने की कोशिश की।

"भाई, पढ़ाई कर रहा था या दुनिया बचाने गया था?"

अमित मुस्कुरा भी नहीं पाया।

"बस... नींद नहीं आई।"

इतना कहकर वह अपनी सीट पर बैठ गया।

यह पहली बार था...

जब कबीर का मज़ाक भी उस तक नहीं पहुँचा।

दोपहर में अकाउंट्स विभाग के बाहर छात्रों की लंबी लाइन लगी थी।

छात्रवृत्ति (स्कॉलरशिप) के फॉर्म जमा हो रहे थे।

अमित भी उसी लाइन में खड़ा था।

मैं उसके पास जाकर खड़ा हो गया।

"सब ठीक?"

उसने सिर हिलाया।

"हाँ।"

फिर कुछ पल बाद खुद ही बोला—

"राघव... अगर मेरी स्कॉलरशिप नहीं लगी...

तो शायद मुझे पढ़ाई बीच में छोड़नी पड़े।"

मैं चुप रह गया।

अब बात सिर्फ़ फीस की नहीं थी।

बात उसके पूरे भविष्य की थी।

मैंने कहा—

“कुछ न कुछ रास्ता निकल आएगा।”

उसने हल्की-सी मुस्कान दी।

“हर रास्ता मंज़िल तक नहीं जाता।”

शाम को हम चारों मैदान में बैठे थे।

बहुत दिनों बाद।

कबीर जानबूझकर पुरानी बातें छेड़ रहा था।

वह चाहता था कि माहौल फिर पहले जैसा हो जाए।

“याद है...

पहले दिन राघव कितना डर रहा था?”

मैं हँस पड़ा।

“झूठ मत बोल।”

“अरे, तूने तो अपना परिचय देते समय अपना ही नाम दो बार बोल दिया था।”

दीपक भी हँस पड़ा।

कुछ देर के लिए सचमुच लगा...

जैसे सब पहले जैसा हो गया है।

तभी कॉलेज का चपरासी हमारी तरफ़ आया।

“अमित?”

“जी।”

“प्रिंसिपल सर बुला रहे हैं।”

अमित तुरंत उठ गया।

उसके जाते ही कबीर धीरे से बोला—

“हर दूसरे दिन उसे क्यों बुलाया जाता है?”

किसी के पास जवाब नहीं था।

करीब आधे घंटे बाद वह लौटा।

उसके हाथ में एक सफ़ेद फ़ाइल थी।

मैंने पूछा—

“क्या हुआ?”

उसने फ़ाइल बैग में रखते हुए कहा—

“कुछ नहीं।”

अबकी बार उसकी आवाज़ में झुंझलाहट थी।

कबीर ने हँसकर कहा—

“भाई, आजकल तेरे ‘कुछ नहीं’ बहुत बड़े हो गए हैं।”

अमित अचानक रुक गया।

उसने पहली बार थोड़ी ऊँची आवाज़ में कहा—

“हर बात बताना ज़रूरी है क्या?”

पूरा मैदान एक पल को शांत हो गया।

कबीर का चेहरा उतर गया।

“मैंने तो बस...”

“छोड़ न, कबीर।”

अमित ने बात पूरी होने से पहले ही कहा और वहाँ से चला गया।

हम तीनों उसे जाते हुए देखते रह गए।

उस रात...

कमरे में कोई मज़ाक नहीं हुआ।

कोई हँसी नहीं थी।

कबीर खिड़की के पास बैठा था।

बहुत देर बाद उसने धीरे से कहा—

“मैंने ऐसा क्या कह दिया था?”

उसकी आवाज़ में शिकायत नहीं...

दर्द था।

मैंने पहली बार महसूस किया—

कभी-कभी सबसे ज़्यादा चोट उसी इंसान को लगती है...

जो सिर्फ़ माहौल हल्का करने की कोशिश कर रहा होता है।

दीपक ने धीरे से कहा—

“गुस्सा अक्सर उस इंसान पर निकलता है...

जिसके सामने हम सुरक्षित महसूस करते हैं।"

कबीर ने उसकी तरफ़ देखा।

"लेकिन बार-बार ऐसा हो...

तो दोस्ती भी थक जाती है।"

उस रात...

हम तीनों देर तक जागते रहे।

और कमरे के दूसरे कोने में...

अमित अपनी डायरी खोले बैठा था।

वह लिख रहा था।

बहुत देर तक लिखता रहा।

फिर उसने एक पन्ना फाड़ा...

उसे मोड़ा...

और तकिए के नीचे रख दिया।

मुझे नहीं पता था उस कागज़ पर क्या लिखा था।

लेकिन सालों बाद...

वही पन्ना हमारी पूरी कहानी का सबसे बड़ा सच बनने वाला था।

11

दूरी हमेशा कदमों से नहीं मापी जाती

"रिश्ते तब नहीं टूटते जब लोग लड़ते हैं...रिश्ते तब टूटने लगते हैं, जब लोग बातें करना छोड़ देते हैं।"

अक्टूबर का आख़िरी हफ़्ता था।

सर्दी ने धीरे-धीरे दस्तक देनी शुरू कर दी थी।

सुबह की धूप अब पहले जैसी तेज़ नहीं लगती थी।

कॉलेज का मैदान पीले पत्तों से भरने लगा था।

बाहर मौसम बदल रहा था...

और शायद...

हमारी ज़िंदगी भी।

अमित अब पहले जैसा नहीं रहा था।

वह क्लास में आता।

चुपचाप पढ़ता।

घंटी बजते ही कहीं चला जाता।

कैंटीन में उसके लिए रखी जाने वाली चौथी चाय अब अक्सर ठंडी हो जाती।

कबीर हर रोज़ कहता—

"आज आएगा।"

लेकिन हर शाम वही चाय बिना छुए रह जाती।

एक दिन उसने गुस्से में वह कप उठाया और कूड़ेदान में फेंक दिया।

"अब रोज़-रोज़ इंतज़ार नहीं होगा।"

उसने गुस्से में कहा।

लेकिन उसकी आँखें बता रही थीं...

उसे गुस्सा चाय पर नहीं,

अपने दोस्त की ख़ामोशी पर था।

उसी दिन लाइब्रेरी में मेरी मुलाक़ात नैना से हुई।

वह एक किताब ढूँढ़ रही थी।

मुझे देखकर मुस्कुराई।

"राघव... एक बात पूछूँ?"

"हाँ।"

"अमित ठीक है?"

मैं कुछ पल चुप रहा।

"क्यों?"

“पहले वह लाइब्रेरी में घंटों बैठता था।

अब आता है...

एक किताब लेता है...

और चला जाता है।”

मैंने पहली बार महसूस किया...

सिर्फ़ हम ही नहीं,

दूसरे लोग भी उसका बदलना देख रहे थे।

“शायद घर की कुछ परेशानी है।”

मैंने बस इतना ही कहा।

नैना ने सिर हिलाया।

“अगर कभी उसे किसी से बात करनी हो...

तो कह देना...

हर समस्या का हल नहीं होता,

लेकिन हर समस्या अकेले झेलनी भी नहीं चाहिए।”

वह चली गई।

उसकी बात मेरे मन में रह गई।

शाम को हॉस्टल लौटते समय...

मैंने देखा,

अमित कॉलेज के पुराने पीपल के पेड़ के नीचे बैठा था।

हाथ में वही डायरी।

मैं उसके पास जाकर बैठ गया।

इस बार उसने डायरी बंद नहीं की।

उसने खुद ही एक पन्ना मेरी तरफ़ बढ़ा दिया।

उस पर लिखा था—

"सब लोग कहते हैं कि वक़्त हर दर्द भर देता है।शायद उन्होंने उन घावों को कभी देखा ही नहीं,जिन्हें वक़्त हर दिन थोड़ा और गहरा कर देता है।"

मैंने पन्ना वापस कर दिया।

"तू ये सब किसी को पढ़ाता क्यों नहीं?"

वह हल्का-सा मुस्कुराया।

"क्योंकि ये लिखता मैं हूँ...

लेकिन समझेगा शायद कोई और।"

मैंने बहुत हिम्मत करके पूछा—

"अमित ...

तू मुझसे कुछ छिपा रहा है?"

उसने मेरी आँखों में देखा।

काफ़ी देर तक।

फिर धीरे से बोला—

“हाँ।”

मैं चौंक गया।

मुझे उम्मीद नहीं थी कि वह इतना सीधा जवाब देगा।

“लेकिन…”

उसने बात पूरी की,

“मैं इसलिए नहीं छिपा रहा क्योंकि मुझे तुम पर भरोसा नहीं है…

मैं इसलिए छिपा रहा हूँ…

क्योंकि अगर सच बता दिया,

तो शायद तुम लोग मुझे रोकने की कोशिश करोगे।”

“रोकने?”

“हाँ।”

“किस बात से?”

उसने जवाब नहीं दिया।

बस डायरी बंद की।

और उठकर चल दिया।

मैंने उसे आवाज़ दी—

“अमित !”

वह रुका नहीं।

सिर्फ़ चलते-चलते इतना कहा—

"कुछ रास्ते...

अकेले ही तय करने पड़ते हैं।"

मैं उसे दूर तक जाता हुआ देखता रहा।

पहली बार...

मुझे डर लगा।

ऐसा डर,

जिसका कोई कारण दिखाई नहीं देता,

लेकिन दिल बार-बार कहता है—

"कुछ बहुत गलत होने वाला है..."

"गलतफ़हमियाँ कभी अचानक पैदा नहीं होतीं...वे भरोसे की छोटी-छोटी दरारों में चुपचाप पनपती हैं।"

अगले सोमवार कॉलेज में मिड-सेमेस्टर परीक्षा का कार्यक्रम घोषित हुआ।

पूरे कैंपस में एक अलग ही माहौल था।

कैंटीन की भीड़ लाइब्रेरी में बदल गई थी।

कॉरिडोर में हँसी कम...

नोट्स ज़्यादा दिखाई देने लगे।

हम चारों भी पहली बार अलग-अलग पढ़ने लगे।

लेकिन शाम की चाय...

वह अब भी साथ ही पीते थे।

कम-से-कम कोशिश तो यही थी।

उस दिन कबीर अपने गाँव गया हुआ था।

हॉस्टल के कमरे में सिर्फ़ मैं, अमित और दीपक थे।

शाम करीब सात बजे वार्डन ने दरवाज़ा खटखटाया।

"अमित?"

"जी।"

"ऑफिस में तुम्हारे लिए कोई आया है।"

अमित बिना कुछ बोले उठ गया।

उसने अपनी पुरानी फ़ाइल उठाई और बाहर निकल गया।

मैंने देखा...

फ़ाइल में कुछ कागज़ थे, जिन्हें वह हमेशा अपने बैग की सबसे अंदर वाली जेब में रखता था।

करीब एक घंटे बाद भी वह वापस नहीं आया।

मैं पढ़ते-पढ़ते थक गया।

सोचा, पानी लेकर आता हूँ।

कॉरिडोर से गुज़रते हुए हॉस्टल ऑफिस की खिड़की खुली दिखी।

अंदर से दो लोगों की आवाज़ आ रही थी।

मैंने अनजाने में कदम रोक लिए।

"...इतने कम पैसों में नहीं होगा।"

"...मेरे पास अभी बस इतना ही है।"

यह अमित की आवाज़ थी।

दूसरी आवाज़ किसी अनजान आदमी की थी।

"...एक हफ़्ते में इंतज़ाम करो, वरना बहुत देर हो जाएगी।"

मेरे दिल की धड़कन तेज़ हो गई।

मैं कुछ समझ नहीं पाया।

उसी समय दरवाज़ा खुला।

मैं जल्दी से पीछे हट गया।

अमित बाहर निकला।

उसने मुझे देखा।

एक पल के लिए उसकी आँखों में हैरानी थी।

फिर उसने सामान्य बनने की कोशिश की।

"तू यहाँ?"

"पानी लेने आया था।"

उसने सिर्फ़ "हम्म..." कहा।

लेकिन पहली बार...

हम दोनों जानते थे कि हममें से कोई एक सच नहीं बोल रहा था।

रात को वह बहुत देर तक अपने बिस्तर पर बैठा रहा।

कमरे की लाइट बंद थी।

सिर्फ़ टेबल लैम्प जल रहा था।

दीपक पढ़ रहा था।

मैं किताब खोले बैठा था।

लेकिन किसी का भी ध्यान पढ़ाई में नहीं था।

अचानक अमित उठा।

उसने अलमारी खोली।

अपनी घड़ी निकाली।

फिर उसे देर तक देखता रहा।

वह घड़ी उसके पिताजी ने बारहवीं पास करने पर दी थी।

मैंने उसे कभी बिना घड़ी के नहीं देखा था।

अगली सुबह...

वह घड़ी उसकी कलाई पर नहीं थी।

दोपहर में कबीर वापस आया।

जैसे ही कमरे में घुसा, बोला—

“देखो, माँ क्या भेजी हैं!”

उसने घर से लाए हुए लड्डू मेज़ पर रख दिए।

“पहले अमित को बुलाओ।”

मैं उसे ढूँढ़ने बाहर निकला।

वह हॉस्टल के पीछे अकेला बैठा था।

मैंने हँसते हुए कहा—

“चल, तेरे हिस्से के लड्डू खत्म हो जाएँगे।”

वह मुस्कुराया नहीं।

बस धीरे से बोला—

“राघव...”

“हाँ?”

“अगर किसी दिन मैं तुम्हें बिना बताए चला जाऊँ...

तो मुझसे नफ़रत मत करना।”

मैं गुस्से में आ गया।

“बार-बार ऐसी बातें क्यों करता है?”

“क्योंकि...”

वह रुक गया।

"...कुछ बातें हमारे चाहने से नहीं होतीं।"

मैंने उसका कंधा पकड़ लिया।

"जो भी है, साफ़-साफ़ बता।"

उसने मेरी तरफ़ देखा।

उसकी आँखों में आँसू थे।

लेकिन उसने उन्हें गिरने नहीं दिया।

"अभी नहीं।"

बस यही कहा।

और वहाँ से चला गया।

मैं उसे रोक सकता था।

शायद रोकना चाहिए भी था।

लेकिन मैंने सोचा—

'जब उसका मन होगा, वह खुद बता देगा।'

यही मेरी सबसे बड़ी भूल थी।

क्योंकि ज़िंदगी...

हर सच बताने का दूसरा मौका नहीं देती।

12

उस रात... जब सब बदल गया

"कुछ रातें सिर्फ़ अँधेरी नहीं होतीं...वे पूरी ज़िंदगी की दिशा बदल देती हैं।"

नवंबर की शुरुआत थी।

ठंडी हवा अब खुलकर चलने लगी थी।

कॉलेज में मिड-सेमेस्टर परीक्षा का आख़िरी दिन था।

जैसे ही आख़िरी घंटी बजी...

पूरे कैंपस में शोर गूँज उठा।

किसी ने किताबें हवा में उछाल दीं।

कोई दोस्तों के साथ फोटो खिंचवा रहा था।

कोई घर जाने की तैयारी कर रहा था।

और हम चारों...

कई दिनों बाद फिर एक साथ थे।

कबीर ने दोनों हाथ फैलाकर कहा—

"आज कोई पढ़ाई नहीं।

आज सिर्फ़ ज़िंदगी।"

अमित ने हल्की-सी मुस्कान दी।

कई दिनों बाद...

उसकी मुस्कान सच्ची लगी।

उसे देखकर मेरे दिल का बोझ भी थोड़ा हल्का हुआ।

शाम को हमने तय किया कि शहर के बाहर नदी किनारे चलेंगे।

वही जगह...

जहाँ कॉलेज के बहुत कम छात्र जाते थे।

चारों पैदल ही निकल पड़े।

सड़क के दोनों तरफ़ खेत थे।

सूरज धीरे-धीरे डूब रहा था।

आसमान नारंगी और बैंगनी रंगों से भर गया था।

कबीर हमेशा की तरह रास्ते भर बोलता रहा।

कभी अपने बचपन की कहानी।

कभी स्कूल की शरारतें।

कभी भविष्य के सपने।

“जब नौकरी लगेगी न...”

उसने हँसते हुए कहा।

“...तो सबसे पहले हम चारों साथ घूमने जाएँगे।”

“कहाँ?”

मैंने पूछा।

“कहीं भी।

बस...

इस बार पैसों की चिंता नहीं होगी।”

अमित ने पहली बार पूरी आवाज़ में हँसते हुए कहा—

“और बिल फिर भी तू नहीं देगा।”

चारों ज़ोर से हँस पड़े।

नदी किनारे पहुँचते-पहुँचते अँधेरा उतर चुका था।

दूर गाँवों की कुछ रोशनियाँ पानी में झिलमिला रही थीं।

ठंडी हवा में मिट्टी की भीनी खुशबू घुली हुई थी।

हम चारों किनारे बैठ गए।

कुछ देर तक कोई कुछ नहीं बोला।

फिर दीपक ने जेब से ताश की गड्डी निकाली।

“चलो...

आख़िरी बाज़ी।”

कबीर चौंक गया।

“तू ताश भी खेलता है?”

"थोड़ी-बहुत।"

"आज तो मज़ा आएगा।"

चारों खेल में लग गए।

कभी कोई जीतता।

कभी कोई हारता।

लेकिन उस रात...

जीत-हार से ज़्यादा मायने साथ होने का था।

करीब एक घंटे बाद...

अमित का फोन बजा।

स्क्रीन की रोशनी उसके चेहरे पर पड़ी।

उसने नाम देखा...

और उसका चेहरा अचानक गंभीर हो गया।

उसने फोन उठाया।

"जी..."

कुछ सेकंड तक वह सिर्फ़ सुनता रहा।

फिर धीरे से बोला—

"मैं आता हूँ।"

उसने फोन काट दिया।

मैंने पूछा—

"क्या हुआ?"

उसने हमारी तरफ़ देखा।

कुछ पल चुप रहा।

फिर बोला—

"मुझे अभी जाना होगा।"

"अभी?"

कबीर ने हैरानी से पूछा।

"हाँ।"

"लेकिन क्यों?"

अमित ने जवाब नहीं दिया।

उसने सिर्फ़ अपना बैग उठाया।

मैं उसके सामने आकर खड़ा हो गया।

"कम-से-कम इतना तो बता..."

उसने मेरी आँखों में देखा।

उसकी आँखें भीगी हुई थीं।

लेकिन आवाज़ बिल्कुल शांत थी।

"राघव...

अगर मैं आज नहीं गया...

तो शायद सारी उम्र खुद को माफ़ नहीं कर पाऊँगा।"

मेरे पास कोई जवाब नहीं था।

मैंने बस इतना कहा—

"ठीक है...

लेकिन वापस आना।"

उसने हल्की-सी मुस्कान दी।

"कोशिश करूँगा।"

उसके ये दो शब्द...

उस समय सामान्य लगे।

लेकिन सालों बाद...

मैंने इन्हीं दो शब्दों को हज़ार बार याद किया।

"कोशिश करूँगा..."

क्योंकि उस रात...

वह गया तो ज़रूर।

लेकिन...

वैसा कभी वापस नहीं लौटा।

“हर बिछड़ने की शुरुआत अलविदा से नहीं होती…कभी-कभी एक अधूरी बात ही काफ़ी होती है।”

अमित तेज़ क़दमों से सड़क की तरफ़ बढ़ गया।

हम तीनों कुछ पल तक उसे जाते हुए देखते रहे।

कबीर ने आवाज़ लगाई—

“अरे… कम-से-कम बता तो कहाँ जा रहा है!”

अमित रुका।

पीछे मुड़ा।

दूर अँधेरे में उसका चेहरा साफ़ दिखाई नहीं दे रहा था।

बस उसकी आवाज़ आई—

“घर…”

और वह आगे बढ़ गया।

कुछ ही देर में उसकी परछाई अँधेरे में खो गई।

नदी किनारे अब पहले जैसी हँसी नहीं थी।

ताश की गड्डी वहीं पड़ी थी।

लेकिन किसी का मन खेलने का नहीं था।

कबीर ने धीरे से पूछा—

“तुम दोनों को कुछ पता है क्या?”

मैंने सिर हिला दिया।

"नहीं।"

दीपक चुप था।

वह बहते पानी को देख रहा था।

"तुझे कुछ पता है?"

कबीर ने उससे पूछा।

दीपक ने बहुत धीरे कहा—

"इतना पता है...

कि वह अकेला बहुत बड़ा बोझ उठा रहा है।"

"तो उसने बताया क्यों नहीं?"

"शायद..."

दीपक ने गहरी साँस ली,

"...उसे लगा होगा कि अपने दर्द में हमें शामिल करना, हमें तकलीफ़ देना होगा।"

रात काफ़ी हो चुकी थी।

हम तीनों हॉस्टल लौट आए।

कमरा खुला था।

अमित का बैग नहीं था।

अलमारी का एक हिस्सा खाली था।

लेकिन उसकी किताबें...

अब भी मेज़ पर रखी थीं।

जैसे वह सचमुच वापस आने वाला हो।

कबीर ने उसका तकिया उठाया।

“पागल कहीं का...

कम-से-कम बता तो देता।”

उसने तकिया वापस रखा।

तभी...

नीचे से एक मुड़ा हुआ कागज़ गिरा।

मैंने झुककर उठाया।

वही कागज़...

जो कुछ दिन पहले मैंने उसे तकिए के नीचे रखते देखा था।

हम तीनों कुछ पल उसे देखते रहे।

“खोलें?”

कबीर ने पूछा।

मैंने हिचकिचाते हुए सिर हिलाया।

कागज़ खोला।

उस पर अमित की लिखावट थी।

“अगर तुम लोग यह पढ़ रहे हो...

तो शायद मैं वह बात सामने बैठकर कहने की हिम्मत नहीं जुटा पाया।

मैं भाग नहीं रहा।

मैं सिर्फ़ एक बेटे की ज़िम्मेदारी निभाने जा रहा हूँ।

अगर मैं रुक गया...

तो शायद घर टूट जाएगा।

अगर चला गया...

तो शायद दोस्ती।

मैंने दोनों को बचाने की बहुत कोशिश की...

लेकिन कुछ लड़ाइयाँ ऐसी होती हैं...

जिनमें कोई भी जीतता नहीं।

मुझसे नाराज़ होना...

लेकिन मेरी माँ से कभी नाराज़ मत होना।

— अमित”

कमरे में सन्नाटा छा गया।

कबीर की आँखें भर आईं।

उसने कागज़ धीरे से मोड़ा।

“हमने उसे अकेला क्यों छोड़ दिया?”

उसकी आवाज़ काँप रही थी।

मेरे पास कोई जवाब नहीं था।

शायद...

जवाब किसी के पास नहीं था।

दीपक पहली बार टूटता हुआ दिखाई दिया।

उसने खिड़की के बाहर देखते हुए कहा—

"कभी-कभी इंसान मदद इसलिए नहीं माँगता...

क्योंकि उसे भरोसा नहीं होता कि लोग साथ देंगे।

वह इसलिए नहीं माँगता...

क्योंकि उसे डर होता है कि लोग उसके लिए अपना रास्ता बदल देंगे।"

रात के लगभग दो बजे...

मैंने अमित को लगातार पाँच बार फोन किया।

हर बार...

फोन बंद।

मैंने संदेश भेजा—

"जहाँ भी है... बस एक बार बता कि ठीक है।"

कोई जवाब नहीं आया।

उस रात...

नींद हम तीनों से बहुत दूर थी।

और हमें बिल्कुल अंदाज़ा नहीं था...

कि सुबह जब सूरज निकलेगा,

तो सिर्फ़ एक दोस्त नहीं,

हमारी पूरी ज़िंदगी बदल चुकी होगी।

"कुछ लोगों के जाने की आवाज़ नहीं होती...लेकिन उनकी कमी ज़िंदगी भर सुनाई देती है।"

उस रात शायद ही हम तीनों में से कोई सोया था।

कमरे की लाइट बंद थी।

लेकिन नींद किसी की आँखों में नहीं थी।

कबीर बार-बार दरवाज़े की तरफ़ देखता।

जैसे उसे अब भी उम्मीद हो...

कि अमित अचानक दरवाज़ा खोलेगा, मुस्कुराएगा और कहेगा—

"अबे, इतना परेशान क्यों हो गए?"

लेकिन दरवाज़ा नहीं खुला।

सुबह सात बजे वार्डन कमरे में आए।

"अमित कहाँ है?"

हम तीनों ने एक-दूसरे की तरफ़ देखा।

मैंने धीरे से कहा—

“घर गया है... शायद।”

वार्डन ने सिर हिलाया।

“उसने रात में छुट्टी का आवेदन छोड़ दिया था।”

उन्होंने एक कागज़ मेरी तरफ़ बढ़ाया।

मैंने पढ़ा।

बस दो पंक्तियाँ थीं—

“अत्यंत आवश्यक पारिवारिक कारणों से कुछ समय के लिए कॉलेज छोड़ रहा हूँ।लौटने की पूरी कोशिश करूँगा।”

नीचे सिर्फ़ एक हस्ताक्षर—

अमित ।

इतना छोटा आवेदन...

लेकिन उसके पीछे कितनी बड़ी मजबूरी थी,

यह हममें से कोई नहीं जानता था।

दिन बीतने लगे।

पहला दिन...

दूसरा...

फिर एक हफ़्ता।

अमित का फोन अब भी बंद था।

उसके सोशल मीडिया पर कोई गतिविधि नहीं थी।

कोई संदेश नहीं।

कोई ख़बर नहीं।

कबीर हर शाम कहता—

"आज आएगा।"

फिर खुद ही चुप हो जाता।

दीपक पहले से भी ज़्यादा ख़ामोश रहने लगा।

और मैं...

हर रात वही कागज़ पढ़ता,

जो उसने तकिए के नीचे छोड़ दिया था।

हर बार लगता—

शायद इस बार कोई नया मतलब समझ आए।

लेकिन शब्द वही रहते।

दर्द बस थोड़ा और गहरा हो जाता।

करीब एक महीने बाद...

कॉलेज प्रशासन ने अमित का नाम उपस्थिति सूची से हटा दिया।

क्लास में उसकी सीट किसी और को दे दी गई।

कैंटीन वाले ने बिना पूछे तीन चाय बनानी शुरू कर दी।

और तब पहली बार मुझे एहसास हुआ—

किसी इंसान के जाने का सबसे बड़ा सबूत उसकी अनुपस्थिति नहीं होती...

बल्कि दुनिया का उसके बिना भी सामान्य हो जाना होता है।

दिसंबर की एक शाम...

मैं अकेला लाइब्रेरी के पीछे बैठा था।

ठंडी हवा चल रही थी।

जेब में हाथ डाला तो उँगलियाँ किसी धातु से टकराईं।

मैंने निकालकर देखा।

वही सिक्का।

राजगीर की उस रात...

अमित ने मेरी हथेली पर रखा था।

मैं देर तक उसे देखता रहा।

अचानक पीछे से कबीर की आवाज़ आई—

“संभालकर रखना उसे।”

मैंने मुड़कर देखा।

वह मुस्कुरा नहीं रहा था।

“क्यों?”

उसने धीमे से कहा—

“कभी-कभी...

यादें ही आख़िरी चीज़ होती हैं जो हमारे पास बचती हैं।”

तीन साल बीत गए।

कॉलेज ख़त्म हो गया।

हम सब अपनी-अपनी ज़िंदगी में आगे बढ़ गए।

लेकिन कुछ कहानियाँ...

समय के साथ ख़त्म नहीं होतीं।

वे भीतर कहीं चुपचाप साँस लेती रहती हैं।

और फिर...

एक दिन...

अचानक लौट आती हैं।

ठीक उसी तरह...

जैसे उस सुबह मेरे मोबाइल पर आया एक अनजान नंबर।

मैंने कॉल उठाई।

दूसरी तरफ़ से सिर्फ़ एक वाक्य सुनाई दिया—

“अगर तुम सच जानना चाहते हो... तो वापस आ जाओ।”

मैं कुछ पूछ पाता...

उससे पहले कॉल कट गया।

मैं देर तक मोबाइल को देखता रहा।

तीन साल पहले का हर अधूरा सवाल...

एक साथ मेरे सामने खड़ा था।

मैंने अलमारी खोली।

सबसे ऊपर रखी पुरानी डायरी उठाई।

उसके बीचों-बीच...

वही सिक्का रखा था।

मैंने उसे हथेली में कस लिया।

और पहली बार महसूस किया—

कुछ सफ़र मंज़िल तक नहीं पहुँचते...

वे हमें वापस हमारी अधूरी कहानियों तक ले आते हैं।

13

वापसी हमेशा घर की नहीं होती

“कुछ शहर नक्शे पर नहीं बसते…वे इंसान के भीतर बस जाते हैं।”

तीन साल…

सिर्फ़ कैलेंडर के हिसाब से छोटे होते हैं।

यादों के हिसाब से नहीं।

कुछ यादें तीन दिन में धुंधली पड़ जाती हैं।

और कुछ…

तीन साल बाद भी उतनी ही साफ़ रहती हैं।

मैं ट्रेन की खिड़की के पास बैठा था।

बाहर के दृश्य लगातार बदल रहे थे।

खेत…

छोटे-छोटे स्टेशन…

पेड़…

नदियाँ…

सब पीछे छूटते जा रहे थे।

लेकिन मेरा मन...

तीन साल पीछे लौटता जा रहा था।

जेब में रखा वह सिक्का आज भी मेरे साथ था।

मैंने उसे हथेली में दबाया।

अचानक ऐसा लगा जैसे अमित की आवाज़ फिर सुनाई दे—

“संभालकर रखना...”

मैंने आँखें बंद कर लीं।

कुछ यादें इंसान को मज़बूत नहीं बनातीं...

बस उसे चुप रहना सिखा देती हैं।

सुबह ट्रेन रुकी।

स्टेशन वही था।

लेकिन शहर बदल चुका था।

नए बोर्ड।

नई दुकानें।

नई सड़कें।

और उन सबके बीच...

कुछ पुरानी जगहें अब भी मेरा इंतज़ार कर रही थीं।

मैंने गहरी साँस ली।

तीन साल पहले मैं यहाँ से लौटा था...

एक दोस्त को खोकर।

आज लौटा था...

उसे समझने के लिए।

स्टेशन से बाहर निकलते ही मेरी नज़र सामने वाली चाय की दुकान पर गई।

बूढ़ा दुकानदार मुझे कुछ पल तक देखता रहा।

फिर अचानक बोला—

“बहुत दिनों बाद आए हो, बेटा।”

मैं चौंक गया।

“आप मुझे पहचानते हैं?”

वह मुस्कुराया।

“तुम लोग चार दोस्त थे न...

रोज़ यहीं चाय पीते थे।”

मेरे होंठों पर भी हल्की मुस्कान आ गई।

कुछ लोग चेहरे नहीं...

अपनापन याद रखते हैं।

मैंने पूछा—

"बाकी लोग कभी आए?"

दुकानदार का चेहरा अचानक गंभीर हो गया।

उसने चाय का गिलास मेज़ पर रखा।

"एक आया था।"

मेरा दिल ज़ोर से धड़कने लगा।

"कौन?"

"नाम तो याद नहीं...

लेकिन बहुत देर तक इसी बेंच पर बैठा रहा।

बार-बार सड़क की तरफ़ देख रहा था।

जैसे किसी का इंतज़ार कर रहा हो।"

"कब?"

"लगभग छह महीने पहले।"

मैंने जल्दी से पूछा—

"फिर?"

"फिर वह चुपचाप चला गया।

लेकिन जाते-जाते एक बात कह गया।"

"क्या?"

बूढ़े ने मेरी आँखों में देखते हुए कहा—

‘अगर कभी मेरे दोस्त वापस आएँ... तो उनसे कहना, मैंने झूठ नहीं बोला था।’

मेरे हाथ से चाय का गिलास लगभग छूट गया।

यह पहली बार था...

जब तीन साल बाद...

किसी ने अमित का नाम लिए बिना,

उसकी कोई बात मुझे पहुँचाई थी।

मैंने जेब से पुराना फोटो निकाला।

राजगीर वाली वही तस्वीर।

चार दोस्त।

एक मुस्कान।

एक दुनिया।

मैंने तस्वीर दुकानदार को दिखाई।

उसने बिना देर किए उँगली रखी।

“हाँ...

यही लड़का आया था।”

उँगली...

अमित पर थी।

मेरा गला सूख गया।

मतलब...

वह ज़िंदा था।

वह इस शहर में आया था।

लेकिन...

हमसे मिला क्यों नहीं?

और सबसे बड़ा सवाल—

अगर उसने झूठ नहीं बोला था...

तो सच क्या था?

उसी समय मेरे मोबाइल पर एक संदेश आया।

अनजान नंबर।

सिर्फ़ एक पता लिखा था...

और नीचे एक पंक्ति—

"अगर जवाब चाहिए... तो शाम पाँच बजे यहाँ आना। अकेले।"

मैंने स्क्रीन को देर तक देखा।

तीन साल की ख़ामोशी...

अब शायद बोलने वाली थी।

“सच कभी एक साथ नहीं मिलता...वह हमेशा टुकड़ों में लौटता है।”

शाम के पाँच बजने में अभी दस मिनट बाकी थे।

मैं उस पते पर पहुँच चुका था।

यह शहर के पुराने हिस्से की एक तंग गली थी।

दोनों तरफ़ पुराने मकान।

कुछ दरवाज़े बंद।

कुछ आधे खुले।

गली के आख़िर में एक छोटा-सा मकान था।

दरवाज़े पर जंग लगी नेमप्लेट थी, जिस पर अब कोई नाम पढ़ा नहीं जा सकता था।

मैंने एक बार फिर मोबाइल देखा।

पता यही था।

दिल की धड़कन तेज़ थी।

मैंने दरवाज़ा खटखटाया।

अंदर से धीमे कदमों की आहट आई।

दरवाज़ा खुला।

सामने लगभग साठ साल की एक महिला खड़ी थीं।

सफेद सूती साड़ी।

चेहरे पर थकान।

लेकिन आँखों में अजीब-सी शांति।

उन्होंने मुझे कुछ पल तक देखा।

फिर बिना कुछ पूछे बोलीं—

“तुम... राघव हो न?”

मैं सन्न रह गया।

“जी... लेकिन आपको मेरा नाम कैसे पता?”

उन्होंने हल्की मुस्कान दी।

“आओ। मैं तुम्हारा ही इंतज़ार कर रही थी।”

घर बहुत साधारण था।

एक छोटी-सी बैठक।

पुरानी लकड़ी की अलमारी।

दीवार पर टंगी घड़ी, जिसकी टिक-टिक पूरे कमरे में सुनाई दे रही थी।

उन्होंने मेरे सामने पानी रखा।

फिर अलमारी खोली।

अंदर से कपड़े में लिपटा एक पुराना डिब्बा निकाला।

डिब्बा मेरी तरफ़ बढ़ाते हुए बोलीं—

“यह तुम्हारे लिए छोड़ा गया था।”

मेरे हाथ काँप गए।

“किसने?”

उन्होंने सीधे जवाब नहीं दिया।

बस इतना कहा—

“जिसे तुम तीन साल से ढूँढ़ रहे हो।”

मैंने धीरे से डिब्बा खोला।

अंदर तीन चीज़ें थीं।

एक पुरानी कलाई घड़ी।

एक चाबी।

और एक मुड़ा हुआ कागज़।

घड़ी देखते ही मेरी साँस रुक गई।

यही वह घड़ी थी...

जो अमित हमेशा पहनता था।

जो उसके पिता ने उसे दी थी।

मैंने काँपते हाथों से कागज़ खोला।

उस पर सिर्फ़ एक पंक्ति लिखी थी—

“अगर यह डिब्बा तुम्हारे हाथ में है... तो समझो, अब सच से भागने का कोई मतलब नहीं।”

नीचे सिर्फ़ एक अक्षर था—

— अ

मैंने तुरंत पूछा—

“वह कहाँ है?”

महिला की आँखें भर आईं।

उन्होंने खिड़की की ओर देखते हुए कहा—

“मैं अभी यह नहीं बता सकती।”

“क्यों?”

“क्योंकि उसने मुझसे वादा लिया था।”

मैं बेचैन हो उठा।

“तीन साल हो गए!

हमने उसे हर जगह ढूँढ़ा।”

महिला ने पहली बार मेरी आँखों में देखा।

“और उसने भी तुम्हें ढूँढ़ा था...”

मेरे भीतर जैसे सब कुछ थम गया।

“क्या मतलब?”

“वह कई बार इस शहर आया।

तुम लोगों से मिलने भी चाहता था।

लेकिन...”

“लेकिन क्या?”

उन्होंने बहुत धीरे कहा—

"हर बार लौट गया।"

कमरे में सन्नाटा छा गया।

मैं समझ नहीं पा रहा था—

अगर वह हमसे मिलना चाहता था...

तो मिला क्यों नहीं?

आख़िर ऐसा कौन-सा सच था,

जिसने उसे अपने सबसे अच्छे दोस्तों से भी दूर रखा?

मैंने फिर पूछा—

"आप हैं कौन?"

महिला ने मेज़ पर रखी घड़ी को सहलाया।

फिर बोलीं—

"मैं...

तुम्हारे किसी सवाल का जवाब नहीं हूँ।

मैं सिर्फ़ उस कहानी की गवाह हूँ...

जो तुम लोगों ने कभी पूरी सुनी ही नहीं।"

इतना कहकर उन्होंने वह छोटी-सी चाबी मेरी हथेली पर रख दी।

"इस चाबी से सच खुलेगा।"

"किस चीज़ की चाबी है?"

उन्होंने सिर हिलाया।

"कल सुबह...

पुराने रेलवे गोदाम के पीछे जो लॉकर हैं...

उनमें नंबर **27** ढूँढ़ना।"

मैं कुछ और पूछ पाता,

उससे पहले उन्होंने दरवाज़े की तरफ़ इशारा किया।

"अब जाओ।

और एक बात..."

मैं रुक गया।

उन्होंने धीमी आवाज़ में कहा—

"जब सच जानो... तो फैसला करने से पहले एक बार अमित की जगह खुद को रखकर ज़रूर सोचना।"

मैं बाहर निकल आया।

जेब में वह चाबी थी।

हाथ में अमित की घड़ी।

और मन में पहले से कहीं ज़्यादा सवाल।

उस रात...

तीन साल बाद पहली बार मुझे लगा—

मैं अमित के करीब नहीं,

उसके दर्द के करीब पहुँच रहा हूँ।

14

सच का भी अपना वक़्त होता है

“कुछ ताले चाबी से नहीं खुलते...उन्हें खोलने के लिए हिम्मत चाहिए।”

अगली सुबह...

मैं ठीक नौ बजे पुराने रेलवे गोदाम के पीछे पहुँचा।

तीन साल पहले यह इलाक़ा हमेशा भीड़भाड़ से भरा रहता था।

आज...

सन्नाटा था।

टूटी हुई दीवारें।

जंग लगी पटरियाँ।

और एक कोने में लोहे के पुराने लॉकर।

उन पर धूल की मोटी परत जमी थी।

मैंने एक-एक नंबर पढ़ना शुरू किया।

तेईस...

चौबीस...

पच्चीस...

छब्बीस...

और फिर...

सत्ताईस।

मेरे हाथ अपने-आप जेब में रखी चाबी तक पहुँच गए।

दिल की धड़कन इतनी तेज़ थी कि उसकी आवाज़ मुझे साफ़ सुनाई दे रही थी।

मैंने चाबी ताले में लगाई।

एक पल के लिए लगा...

जैसे ताला भी तीन साल से किसी का इंतज़ार कर रहा हो।

टक...

ताला खुल गया।

लॉकर के अंदर कोई ख़ज़ाना नहीं था।

सिर्फ़ एक पुरानी डायरी...

एक लिफ़ाफ़ा...

और एक पेन।

मैंने सबसे पहले डायरी उठाई।

पहले पन्ने पर लिखा था—

“अगर यह डायरी राघव के हाथों तक पहुँची है...तो शायद अब सच छिपाने की कोई वजह नहीं बची।”

नीचे...

अमित के हस्ताक्षर थे।

मेरी उँगलियाँ काँपने लगीं।

मैंने अगला पन्ना खोला।

“राघव,

अगर तुम यह पढ़ रहे हो...

तो सबसे पहले मुझसे नफ़रत मत करना।

मैंने तुम लोगों से दूरी इसलिए नहीं बनाई क्योंकि दोस्ती कमज़ोर थी।

मैं इसलिए दूर गया...

क्योंकि मुझे लगा...

अगर मैं रुक गया...

तो तुम सब भी मेरी लड़ाई में हार जाओगे।”

मैंने पढ़ना रोक दिया।

आँखें धुंधली होने लगी थीं।

अगले पन्ने पर तारीख़ लिखी थी।

18 नवंबर।

यानी...

उसी रात के अगले दिन की।

उसके नीचे लिखा था—

“आज पापा की रिपोर्ट आ गई।

डॉक्टर ने साफ़ कह दिया है कि इलाज बहुत महँगा होगा।

घर पहले ही कर्ज़ में डूब चुका है।

माँ अपने गहने बेच चुकी हैं।

मैंने तय कर लिया है...

मैं कॉलेज छोड़ दूँगा।

लेकिन मैं यह बात अपने दोस्तों को नहीं बता सकता।

क्योंकि मैं जानता हूँ...

वे अपनी पढ़ाई छोड़कर मेरे साथ खड़े हो जाएँगे।

और मैं...

उनके सपनों का अपराधी बन जाऊँगा।”

मैंने डायरी बंद कर दी।

मेरी आँखों के सामने कबीर का चेहरा घूम गया।

वह सचमुच ऐसा ही करता।

दीपक भी।

और शायद...

मैं भी।

हम चारों में से कोई भी उसे अकेला नहीं छोड़ता।

लेकिन...

यही तो वह नहीं चाहता था।

मैंने गहरी साँस ली और लिफ़ाफ़ा खोला।

अंदर एक बैंक की रसीद थी।

उस पर रकम लिखी थी—

₹4,85,000

और नीचे...

अमित का नाम।

साथ में एक और कागज़।

उस पर लिखा था—

“यह पैसा मैंने उधार लिया है।अगर मैं समय पर नहीं चुका पाया...तो इसकी कीमत सिर्फ़ पैसे से नहीं चुकानी पड़ेगी।”

मेरा दिल बैठ गया।

यह कोई साधारण शिक्षा ऋण नहीं था।

यह कुछ और था।

कुछ ऐसा...

जिसके बारे में उसने कभी किसी को नहीं बताया।

तभी...

पीछे से किसी के कदमों की आवाज़ आई।

मैंने पलटकर देखा।

एक अधेड़ उम्र का आदमी धीरे-धीरे मेरी तरफ़ आ रहा था।

उसने मेरी तरफ़ देखकर पूछा—

"तुम... राघव हो?"

मैंने सतर्क होकर कहा—

"जी।"

वह कुछ पल चुप रहा।

फिर बोला—

"मैं तुम्हें बहुत पहले मिलना चाहता था।"

"आप कौन हैं?"

उसने जेब से एक पुरानी तस्वीर निकाली।

तस्वीर में...

अमित उसके साथ खड़ा था।

दोनों मुस्कुरा रहे थे।

मैंने हैरानी से उसकी तरफ़ देखा।

उसने बहुत धीमी आवाज़ में कहा—

“मैं उस आदमी का बेटा हूँ...

जिससे अमित ने पैसे उधार लिए थे।”

और उसी पल...

मुझे पहली बार एहसास हुआ—

अमित सिर्फ़ घर बचाने की लड़ाई नहीं लड़ रहा था।

वह...

अपनी इज़्ज़त, अपने परिवार और अपने दोस्तों के भविष्य को एक साथ बचाने की कोशिश कर रहा था।

“जब हम किसी की कहानी सिर्फ़ अपनी नज़रों से देखते हैं...तब अक्सर सबसे बड़ा सच छूट जाता है।”

मैं कुछ पल तक उस आदमी को देखता रहा।

उसकी उम्र लगभग पैंतीस-चालीस वर्ष रही होगी।

चेहरे पर थकान थी...

लेकिन आँखों में कठोरता नहीं।

उसने धीरे से कहा—

“मेरा नाम अभिषेक है।”

“आप अमित को कैसे जानते थे?”

उसने गहरी साँस ली।

“जानता नहीं था...

लेकिन उसके जाने के बाद उसे समझने लगा।”

हम दोनों पुराने गोदाम के बाहर बनी पत्थर की बेंच पर बैठ गए।

कुछ देर तक वह चुप रहा।

फिर बोला—

“जिस दिन अमित पहली बार हमारे घर आया था...

वह पैसे माँगने नहीं...

काम माँगने आया था।”

मैंने हैरानी से उसकी तरफ़ देखा।

“काम?”

“हाँ।”

“उसने कहा था—

‘मुझे भीख नहीं चाहिए।जितना समय लगेगा, काम करके चुका दूँगा।’

मेरे पिता ने पहले मना कर दिया।

लेकिन...

उसकी आँखों में जो ज़िद थी...

उसे देखकर वे मान गए।”

“फिर?”

मैंने पूछा।

“दिन में कॉलेज...

रात में गोदाम का हिसाब।

छुट्टी के दिन माल उतारना।

कभी ट्रक के साथ बाहर जाना।

कभी दफ़्तर में बैठकर रजिस्टर भरना।”

मैं स्तब्ध रह गया।

हमें तो कभी पता ही नहीं चला...

कि वह रातों को कहाँ गायब हो जाता था।

अभिषेक ने जेब से एक छोटी-सी रसीद निकाली।

“ये देखो।”

उस पर कई तारीख़ें थीं।

हर तारीख़ के सामने एक छोटी रकम जमा थी।

₹1200...

₹1800...

₹2500...

₹900...

मैंने पूछा—

"ये क्या है?"

वह मुस्कुराया।

"उसकी कमाई।"

"इतनी छोटी-छोटी रकम?"

"हाँ।"

"वह हर रुपये का हिसाब रखता था।

कहता था—

'उधार बड़ा है...लेकिन मैं कोशिश भी बड़ी करूँगा।'"

मेरी आँखें भर आईं।

मुझे याद आया...

कितनी बार हमने उसे यह कहकर चिढ़ाया था—

"तू हमेशा थका-थका क्यों रहता है?"

और वह हँसकर कह देता था—

"नींद पूरी नहीं हुई।"

हमें क्या पता...

वह रातें सोता ही नहीं था।

अभिषेक ने धीमी आवाज़ में कहा—

"एक दिन मैंने उससे पूछा—

'अपने दोस्तों को क्यों नहीं बताते?'

जानते हो उसने क्या जवाब दिया?"

मैंने सिर हिलाया।

"नहीं।"

उसने बहुत धीरे कहा—

'दोस्ती का मतलब उनका बोझ हल्का करना है...अपना बोझ उन पर रख देना नहीं।'

मेरे भीतर जैसे कुछ टूट गया।

हम उसे स्वार्थी समझते रहे...

और वह हमें बचाने की कोशिश करता रहा।

"लेकिन..."

मैंने काँपती आवाज़ में पूछा—

"फिर वह अचानक गायब क्यों हो गया?"

अभिषेक की आँखें झुक गईं।

"क्योंकि..."

"क्योंकि क्या?"

“जिस बीमारी के लिए वह लड़ रहा था...

वह उसके पिता की आख़िरी लड़ाई थी।”

मैंने साँस रोक ली।

“क्या...”

“हाँ।”

“वे नहीं रहे।”

कुछ पल तक मुझे कुछ सुनाई नहीं दिया।

चारों तरफ़ जैसे सन्नाटा फैल गया।

“उनके जाने के बाद...

अमित पूरी तरह बदल गया।”

अभिषेक ने कहा।

“उसने पढ़ाई छोड़ दी।

शहर छोड़ दिया।

लेकिन कर्ज़ नहीं छोड़ा।”

“क्या उसने चुका दिया?”

“आधा।”

“बाकी?”

“बाकी चुकाने के लिए...

वह ऐसी जगह चला गया...

जहाँ से लौटना उसके लिए आसान नहीं था।"

मैंने तुरंत पूछा—

"कहाँ गया?"

अभिषेक ने सीधे जवाब नहीं दिया।

उसने अपनी जेब से एक पुराना लिफ़ाफ़ा निकाला।

उस पर मेरा नाम लिखा था।

ठीक वैसा ही...

जैसा तीन साल पहले गुम हुआ था।

मैंने काँपते हाथों से उसे लिया।

अभिषेक बोला—

"यह वही लिफ़ाफ़ा है...

जो तीन साल पहले तुम्हें मिलना था।

अगर यह उस दिन तुम्हारे हाथ लग जाता...

तो शायद पूरी कहानी अलग होती।"

मैंने धीरे-धीरे उसे खोला...

और पहली पंक्ति पढ़ते ही...

मेरे पैरों तले ज़मीन खिसक गई।

क्योंकि उसमें लिखा था—

“राघव... अगर तुम यह पढ़ रहे हो,तो इसका मतलब है कि मैं तुमसे सच कहने की हिम्मत जुटा चुका हूँ...”

15

कुछ ख़त कभी देर से पहुँचते हैं

“ज़िंदगी की सबसे बड़ी त्रासदी मौत नहीं होती...बल्कि वह सच होता है, जो समय पर अपने लोगों तक नहीं पहुँच पाता।”

मेरे हाथ काँप रहे थे।

तीन साल...

मैं जिस लिफ़ाफ़े को ढूँढ़ता रहा,

वह आज मेरी हथेली में था।

मैंने उसे धीरे-धीरे खोला।

अंदर चार पन्ने थे।

ऊपर अमित की लिखावट।

वही साफ़, सीधी और शांत लिखावट।

मैंने पढ़ना शुरू किया।

“प्रिय राघव,

अगर तुम यह पत्र पढ़ रहे हो,

तो इसका मतलब है कि मैंने आखिरकार हिम्मत जुटा ली है।

मैंने बहुत कोशिश की कि यह बातें तुम्हें सामने बैठकर कहूँ।

लेकिन हर बार तुम्हारे सामने आते ही...

मैं कमज़ोर पड़ जाता था।

तुम लोग मुझे दोस्त कहते थे।

और दोस्त अपने दोस्तों से मदद माँगते हैं।

लेकिन मैं...

तुम लोगों से मदद नहीं माँग सका।

क्योंकि मुझे तुम लोगों पर भरोसा नहीं था...

ऐसा नहीं।

मुझे तुम लोगों पर इतना ज़्यादा भरोसा था...

कि डर लगता था,

तुम अपने सपने छोड़कर मेरे साथ खड़े हो जाओगे।

और मैं...

ज़िंदगी भर खुद को माफ़ नहीं कर पाता।"**

मैंने कुछ पल के लिए पढ़ना रोक दिया।

मेरी आँखों के सामने हॉस्टल का वह कमरा घूम गया।

कबीर...

दीपक...

और मैं।

सचमुच...

अगर हमें पता चल जाता,

तो हम उसे कभी अकेले नहीं जाने देते।

मैंने अगला पन्ना खोला।

**"तुम्हें याद है...

राजगीर की उस रात मैंने तुमसे कहा था—

'अगर मैं चला जाऊँ,

तो मुझसे नफ़रत मत करना।'

वह कोई संवाद नहीं था।

वह मेरी मजबूरी थी।

पापा की बीमारी...

घर का कर्ज़...

माँ की टूटी हुई हिम्मत...

इन सबके बीच मैं सिर्फ़ एक बेटा रह गया था।

और बेटा होने की ज़िम्मेदारी...

कभी-कभी दोस्त होने से बड़ी हो जाती है।"**

अगले पन्ने पर कुछ बूंदों के निशान थे।

शायद आँसुओं के।

या शायद बारिश के।

मैंने पढ़ना जारी रखा।

**"एक बात और...

अगर कभी तुम्हें लगे कि मैंने तुम लोगों को धोखा दिया,

तो एक बार यह ज़रूर सोचना—

क्या मैं सचमुच तुम्हें छोड़कर गया था?

या...

मैं सिर्फ़ तुम्हारे हिस्से का दर्द अपने साथ ले गया था?"**

मेरी आँखों से आँसू गिरने लगे।

तीन साल से...

हम जिस इंसान को गलत समझते रहे,

वह आख़िरी साँस तक हमारी दोस्ती बचाने की कोशिश कर रहा था।

पत्र का आख़िरी पन्ना सबसे छोटा था।

उस पर सिर्फ़ कुछ पंक्तियाँ थीं।

**“अगर यह पत्र तुम्हारे हाथ तक पहुँच गया है...

तो शायद अब मैं अपने सारे कर्ज़ चुका चुका हूँ।

पैसों वाले भी...

और ज़िंदगी वाले भी।

अब अगर कभी मिलूँ...

तो मुझसे कोई सवाल मत पूछना।

बस...

एक बार पहले की तरह गले लगा लेना।

तुम्हारा,

अमित ।”**

पत्र ख़त्म हो चुका था।

लेकिन मेरे भीतर एक नई शुरुआत हो रही थी।

मैंने काँपती आवाज़ में अभिषेक से पूछा—

“वह कहाँ है?”

अभिषेक ने मेरी ओर देखा।

इस बार उसकी आँखों में उम्मीद थी।

वह बोला—

“ज़िंदा है।”

मेरी साँस जैसे लौट आई।

"लेकिन..."

वह रुका।

"...उसे नहीं पता कि तुम उसे ढूँढ़ रहे हो।"

"मुझे उसके पास ले चलिए।"

अभिषेक कुछ देर चुप रहा।

फिर उसने सिर हिलाया।

"चलो।"

मैं उसके साथ चल पड़ा।

हर कदम के साथ दिल की धड़कन तेज़ होती जा रही थी।

तीन साल की दूरी...

अब शायद कुछ ही मिनटों की रह गई थी।

लेकिन मुझे नहीं पता था...

कि हमारी मुलाक़ात वैसी नहीं होगी,

जैसी मैंने तीन साल तक हर रात अपनी कल्पना में देखी थी।

"कुछ मुलाक़ातें खुशी नहीं देतीं...वे बस तीन साल पुराने दर्द को चुपचाप गले लगा लेती हैं।"

अभिषेक मुझे शहर के आख़िरी हिस्से तक लेकर गया।

जहाँ सड़कें खत्म होने लगती थीं...

और खेत शुरू हो जाते थे।

दूर एक छोटा-सा घर दिखाई दे रहा था।

बहुत साधारण।

न कोई बड़ा दरवाज़ा।

न कोई नाम की पट्टी।

बस बाहर एक पुरानी कुर्सी रखी थी।

अभिषेक रुक गया।

"वह अंदर है।"

मेरे कदम वहीं ठहर गए।

तीन साल तक मैंने इस पल की कल्पना की थी।

कभी सोचा था—

मैं उसे देखकर गुस्सा करूँगा।

कभी सोचा था—

उसे गले लगा लूँगा।

कभी सोचा था—

हज़ार सवाल पूछूँगा।

लेकिन उस पल...

मेरे पास कोई सवाल नहीं था।

बस एक दोस्त था...

जो तीन साल बाद मेरे सामने था।

मैंने दरवाज़ा धीरे से खोला।

अंदर एक आदमी खिड़की के पास बैठा था।

चेहरा थोड़ा बदल चुका था।

बालों में हल्की सफेदी आ गई थी।

आँखों में पहले से ज़्यादा ठहराव था।

लेकिन...

मैं उसे पहचान गया।

"अमित..."

मेरी आवाज़ सुनते ही वह रुक गया।

धीरे-धीरे पलटा।

कुछ सेकंड तक हम दोनों सिर्फ़ एक-दूसरे को देखते रहे।

जैसे दोनों यह यकीन करने की कोशिश कर रहे हों कि सामने वाला सच में मौजूद है।

फिर उसने बहुत धीमी आवाज़ में कहा—

"राघव..."

बस इतना।

और मेरी आँखें भर आईं।

मैं उसके पास गया।

बहुत सारी बातें थीं कहने को।

बहुत सारी शिकायतें थीं।

लेकिन जब सामने खड़ा इंसान वही हो...

जिसे तुमने तीन साल तक खोया हो,

तो शिकायतें छोटी लगने लगती हैं।

मैंने बस उसे गले लगा लिया।

वह पहले स्थिर खड़ा रहा।

फिर धीरे-धीरे उसके हाथ मेरे कंधों पर आ गए।

और पहली बार...

मैंने अपने दोस्त को टूटते हुए देखा।

वह रो नहीं रहा था।

बस उसकी साँसें भारी हो गई थीं।

जैसे तीन साल से रोक रखा कोई दर्द आज बाहर आने का रास्ता ढूँढ़ रहा हो।

कुछ देर बाद हम दोनों बैठे।

कमरे में ख़ामोशी थी।

आख़िर मैंने पूछा—

"तूने बताया क्यों नहीं?"

उसने नीचे देखा।

"क्योंकि डर था।"

"किस बात का?"

"कि तुम लोग मुझे रोक लोगे।"

मैं चुप रहा।

वह आगे बोला—

"और शायद मैं खुद भी रुकना चाहता था।"

उसकी आवाज़ भर्रा गई।

"लेकिन उस समय मेरे पास विकल्प नहीं थे।"

"तूने सोचा हम तेरे सपने छीन लेंगे?"

मैंने पूछा।

उसने सिर हिलाया।

"नहीं।"

"फिर?"

"मुझे डर था कि मेरे कारण तुम अपने सपनों से समझौता कर लोगे।"

मैंने हल्की-सी नाराज़गी से कहा—

“तुझे पता है...

सबसे बड़ी गलती क्या की तूने?”

वह मेरी तरफ़ देखने लगा।

“तूने फैसला अकेले लिया।

हमारे लिए भी।”

वह चुप हो गया।

मेरे शब्द शायद पहली बार उस तक पहुँच रहे थे।

मैंने पूछा—

“अब क्या कर रहा है?”

वह मुस्कुराया।

“जीना सीख रहा हूँ।”

“बस?”

“हाँ।”

फिर उसने बाहर देखते हुए कहा—

“पहले लगता था ज़िम्मेदारियाँ पूरी हो जाएँगी तो ज़िंदगी शुरू होगी।

अब समझ आया...

ज़िम्मेदारियों के बीच ही ज़िंदगी होती है।”

कुछ देर बाद उसने मेज़ से एक पुरानी तस्वीर उठाई।

वही राजगीर वाली।

चार दोस्त।

एक अधूरी कहानी।

उसने तस्वीर मेरी तरफ़ बढ़ाई।

"मैंने इसे कभी फेंका नहीं।"

मैंने पूछा—

"क्यों?"

वह मुस्कुराया।

"क्योंकि कुछ रिश्ते दूर होने से खत्म नहीं होते।"

शाम होने लगी थी।

मुझे वापस जाना था।

दरवाज़े पर पहुँचकर मैं रुका।

"अमित..."

"हाँ?"

"अब फिर से गायब मत होना।"

वह कुछ पल चुप रहा।

फिर मुस्कुराकर बोला—

"इस बार नहीं।"

मैंने सिर हिलाया।

लेकिन जाते-जाते मन में एक बात साफ़ थी—

हमारी दोस्ती वापस नहीं आई थी।

क्योंकि वह कभी गई ही नहीं थी।

बस...

तीन साल तक एक-दूसरे को समझने का इंतज़ार कर रही थी।

16

जो मुझमें बचा रहा

"कुछ लोग हमारी ज़िंदगी में हमेशा रहने के लिए नहीं आते...वे हमें बदलने के लिए आते हैं।"

एक साल बाद...

ज़िंदगी फिर से चलने लगी थी।

लेकिन इस बार...

पहले जैसी नहीं।

क्योंकि कुछ लोग वापस आ जाएँ,

फिर भी समय वापस नहीं आता।

और शायद...

आना भी नहीं चाहिए।

कॉलेज खत्म हो चुका था।

हम चारों अपनी-अपनी राहों पर थे।

कबीर अब भी वैसा ही था।

आज भी हर गंभीर बात के बीच मज़ाक कर देता था।

लेकिन अब उसके मज़ाक के पीछे छिपी चिंता हम समझने लगे थे।

दीपक पहले से ज़्यादा शांत था।

लेकिन अब उसकी ख़ामोशी में दूरी नहीं...

समझदारी थी।

और अमित ...

वह फिर से मुस्कुराना सीख रहा था।

धीरे-धीरे।

छोटे-छोटे पलों में।

एक शाम हम चारों फिर उसी नदी किनारे बैठे थे।

वही जगह...

जहाँ से तीन साल पहले एक दोस्त चला गया था।

लेकिन आज...

वहीं चार दोस्त बैठे थे।

कबीर ने हँसते हुए कहा—

"एक बात बता, अमित ...

तूने हमें इतना परेशान क्यों किया?"

अमित मुस्कुराया।

"शायद मैं खुद को बहुत समझदार समझता था।"

मैंने पूछा—

"और अब?"

उसने नदी की तरफ़ देखते हुए कहा—

"अब समझ आया...

कभी-कभी अपने लोगों को दर्द से बचाने की कोशिश में...

हम उन्हें अपने दर्द से दूर कर देते हैं।"

कुछ देर तक हम सब चुप रहे।

हवा चल रही थी।

पानी बह रहा था।

और मुझे तीन साल पुरानी वह रात याद आ रही थी।

वह रात...

जब मुझे लगा था कि मैंने अपना दोस्त खो दिया।

लेकिन आज समझ आया—

मैंने उसे खोया नहीं था।

मैंने बस उसकी कहानी का एक हिस्सा नहीं देखा था।

मैंने जेब से वह पुराना सिक्का निकाला।

अमित को दिखाया।

वह हँस पड़ा।

“तूने अब तक संभालकर रखा है?”

मैंने कहा—

“कुछ चीज़ें इसलिए नहीं रखी जातीं कि वे कीमती होती हैं...

कुछ चीज़ें इसलिए कीमती हो जाती हैं क्योंकि हम उन्हें संभालकर रखते हैं।”

दीपक मुस्कुराया।

“देखो...

आज राघव भी ज्ञान देने लगा।”

हम सब हँस पड़े।

कई सालों बाद...

वह हँसी बिल्कुल वैसी ही थी।

रात होने लगी थी।

हम वापस लौटने लगे।

चलते-चलते मैंने पीछे मुड़कर नदी को देखा।

सोचा...

कितनी अजीब बात है।

हम हमेशा सोचते हैं कि ज़िंदगी में क्या-क्या खो गया।

लेकिन कभी-कभी हमें यह भी देखना चाहिए...

कि क्या-क्या बचा रह गया।

मेरे अंदर...

अमित की दोस्ती बची रही।

कबीर की हँसी बची रही।

दीपक की समझ बची रही।

और सबसे ज़रूरी...

वह इंसान बचा रहा...

जो इन सब रिश्तों की वजह से मैं बना।

कई साल बाद जब मैंने अपनी पुरानी डायरी खोली...

तो पहले पन्ने पर सिर्फ़ एक लाइन लिखी—

"कुछ लोग कहानी का हिस्सा बनकर नहीं रहते...वे हमारी कहानी का मतलब बन जाते हैं।"

और नीचे नाम लिखा—

जो मुझमें बचा रहा।

समाप्त।

"कुछ लोग चले जाते हैं,मगर अपने पीछे इतना कुछ छोड़ जाते हैं कि हम फिर कभी पहले जैसे नहीं रहते।"

www.ingramcontent.com/pod-product-compliance
Lightning Source LLC
LaVergne TN
LVHW100304210926
848480LV00003B/1019
* 9 7 9 8 9 0 5 8 4 8 5 2 0 *